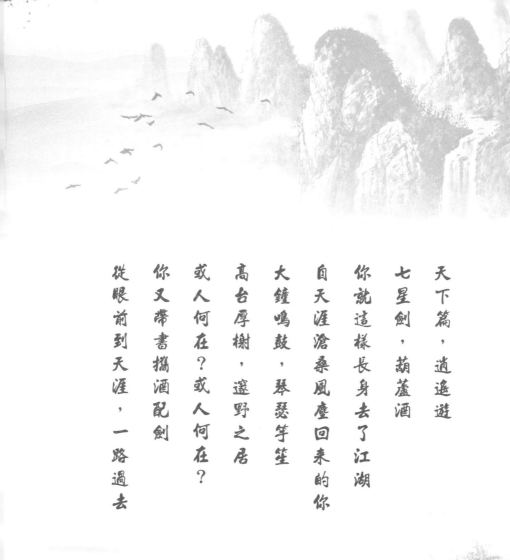

天下篇，逍遙遊
七星劍，葫蘆酒
你就這樣長身去了江湖
自天涯滄桑風塵回来的你
大鐘鳴鼓，琴瑟竽笙
高台厚榭，遼野之居
或人何在？或人何在？
你又帶書攜酒配劍
從眼前到天涯，一路過去

落花也有温柔的遠志
像人走向水涯
而裘褐為衣，棺桐三寸
張目奸逼切如大火逼你躍牆
身臨绝澗如閉目飛躍
而這一躍往何處去呢
流水也有悲壯的柔情

——摘自温瑞安《山河錄》之華年

武俠經典新版
說英雄·誰是英雄系列
傷心小箭
上
溫瑞安
著

永遠求新求變求突破的溫瑞安武俠美學

劍氣蕭心

陳曉林

眼前萬里江山，似曾小小興亡。

如果在人們的想像中，古之俠者的形象就如在沈沈黑夜中劃破天穹的流星，以一霎時燦爛輝煌的光芒，觸動了深埋在內心某一角落的高尚情愫，例如對人間正義的憧憬，對生命價值的追尋，對現實困頓的掙脫；那麼，藉著抒寫俠者的故事來召喚或呼應這一抹燦爛輝煌的光芒，歸根結柢，是在呈現一種浪漫的、詩意的生命情調。

在當前時代，高科技的聲光化電、特殊效果，多媒體的視聽傳播、另度空間，儼然已成爲人們生活的一部分。而《臥虎藏龍》、《英雄》等影片，在影像藝術和商業運作上的成功，似乎反而爲華文世界的武俠小說敲響了警鐘；因爲堆金砌玉的場景、幻美迷離的情致、匪夷所思的動作，猶如七寶樓台眩人眼目，卻將想像的餘裕也驅散或壓縮到了若有若無之間。試想：當武俠小說必須走上像《哈利波特》、《魔戒》等西方魔幻小說的路子才能在商業上找到出口，對於擁有深厚傳統的武俠文學而言，將是何等尖銳的反諷？

魔幻只是武俠可以運用和結合的小說文類之一，而絕不是武俠唯一的歸宿。其實，一切高明的文學作品，真正的底蘊都在於作者能以推陳出新的文字魅力引發讀者的閱讀興味，進而拓展讀者的心靈視域，武俠小說當然也不例外。溫瑞安本身是詩人，他的現代詩兼具古典美感與前衛創意，恢詭譎怪而又氣象萬千；他以詩意注入武俠，又以俠情融入詩筆，使他的武俠小說別具一股撼動人心的魅力。他又常自覺地汲引偵探、推理、科幻、神魔、演義，乃至意識流技法、魔幻寫實、後設小說等文類作爲旁枝，而以詩意盎然的文字魅力貫穿其間。

在武俠文學的領域，古龍是最先強調必須求新求變求突破的大師，但一再揭明無論情節如何變化，「人性」總歸仍是一切文學探索的源頭活水者也正是古龍。溫瑞安少年時熟讀金庸、古龍，頗受影響，及至在武俠創作上卓然自成一家，其求新求變求突破的心情，顯然較古龍更爲渴切。這是因爲他深知若走金或古的路數，充其量不過是「金庸第二」或「古龍第二」，而他寧願一往無前地營造他自己的武俠世界，建立他自己的獨特風格。

在我看來，如果以詩人爲喻，金庸或可擬之杜甫，古龍無疑可頡頏李白；則以美麗而奇倔的文字魅力自成一家的溫瑞安，殆差相彷彿於戛戛獨絕的李長吉。「女媧煉石補天處，石破天驚逗秋雨」，溫瑞安在武俠文學上種種煉石補天的抱負與嘗試，和李長吉在盛唐氣象已逝、李杜光焰猶存的時代，爲了在詩藝上尋求突破而付出的心血，而結晶的詩篇，確有交光互映之處。至少，就構思的奇炫、情節的奇變、行文的奇幻而言，溫瑞安的若干作品確有「石破天驚逗秋雨」的意趣。

溫瑞安的武俠作品數量驚人，長、中、短篇均有膾炙人口的名篇。較爲讀者所熟知者，如「四大名捕」系列、「神州奇俠」系列，在兩岸三地均極受歡迎，以致欲罷不能，甚至開枝散葉，魚龍曼衍，且反覆搬上銀幕與螢屏，始終維持熱度。然而，我則認爲「說英雄‧誰是英雄」系列才是溫瑞安的巔峰之作，神完氣足，意在筆先，將他的生命體驗、多元學識與文字魅力發揮得淋漓盡致。有了「說英雄‧誰是英雄」系列，溫瑞安的武俠世界才有了可大可久的基柱。爲此，我與所有瑞安的朋友一樣，殷盼他早日將完結篇「天下無敵」殺青。

瑞安與我，均是多歷滄桑患難，允爲風雨故人。平時見面的機會卻少之又少，近十年來，甚至根本未曾一晤；然而，在內心深處，彼此都將對方當作可以託六尺之孤、可以寄百里之命的生死道義之交；其中的相知相契、互敬互重的情誼，有非語言可以形容者。如今瑞安得知我對提倡及出版武俠文學仍有一份繫念，義無反顧，將他的作品交託於我；我亦視爲理所當然，與他遙相攜手，再共同爲武俠文學的發皇而走上一程。斯情斯景，正是：「如此江山寥落甚，有人呼起大風潮」！

於二〇〇三年六月十五日

武俠大說

《溫瑞安武俠小說》風雲時代新版自序

溫瑞安

國家不幸詩人幸，因爲有寫詩的好題材。有難，才有關。有劫，才有渡。有絕境，才見出人性。有悲劇，才有英雄出。有不平，才有俠客行。笑比哭好，但有時候哭比笑過癮。文字看悶了，可以去看電影。文學寫悶了，只好寫起武俠來。

我寫武俠小說，起步得早，小學一年級時已在大馬寫（其實是「繪圖本」）武俠故事。武俠小說令我豐衣足食，安身立命多年，但我始終沒當她是我的職業，而是我的志趣。也是我的「有位佳人，在水一方」。我始終爲興趣而寫，武俠乃是我的少負奇志，也成了我的千禧遊戲。稿費、版稅、名氣和一切附帶的都是「花紅」和「獎金」，算起來不但一本萬利，有時簡直是無本萬利，當感謝上天的恩賜，俠友的盛情，讓我繼續可以做這盤「無本生意」。我用了那麼多年去寫武俠，其間斷斷續續（例如近五年我就幾乎沒寫多少新稿），但故事多未寫完，例如「四大名捕」故事，但三十幾年來一直有人追看，鍥而不捨，且江山代有知音出，看來我的讀友，不但長情，而且長壽。所以，我是爲他們祝願而寫的，爲興趣而堅持的。小說，只是茶餘飯後事耳；大說，卻是要用一生歷煉去寫的。

我在臺灣推出「武俠文學」系列時，是在一九七六年之後，也陸陸續續、斷斷續續在「長河」、「中時」、「皇冠」、「神州」、「花田」、「天天」、「遠景」、「萬盛」、「晨星」、「獅鷲」等出版社推出多個不同版本，近幾年我的書已沒再在台出版，港臺的版權也完全回到我手裏。我本來也沒打算在近日推出這全新修訂的版本，但後來還是改變了主意。一是讀者的要求：在台不易找到我書，縱眾裏尋他千百度，尋著了也只殘缺不全，我見獨憐；二是因爲陳曉林先生。曉林是我相交近三十載的好友，這還不算，我在相識他之前就與他文章相知，仰慕其爲人。他就是那種「俠客書生」——俠者的風骨，但在現代社會裏只能化身書生議論入世救世的人物。他本身就是大俠廁身於俗世的反映。他是一枝筆舞一片江山，我是得意淡然，失意泰然，在現實裏各自堅持俠道的精神；我跟他有時是相見如冰，有時是相敬如兵，實則是俠道相逢，吞火情懷，相敬如賓。蒙他願意出版，我實在求之不得，榮幸之至。我的作品就是我的孩子。我相信他。我交給他。

時空流傳，金石不滅，收拾懷抱，打點精神。一天笑他三五六七次，百年須笑三萬六千場。武俠於我是「咬定青山不放鬆」；作爲作者的我，當年因敬金庸而慕古龍，始書武俠著演義，已歷經四次成敗起落，人生在我，不過是河裏有冰，冰箱有魚，餘情未了，有緣再續而已矣。

溫瑞安

識於二〇〇三年六月四日端午

說英雄誰是英雄系列

傷心小箭 上冊

目錄

第一篇

白愁飛的飛

——想飛之心，永遠不死。

「真正的友誼是沒有親疏之分的；難道有人砍了你一隻尾指，你會因為他不是斫掉你的食指而感謝他嗎？殘害就是殘害，朋友就是朋友；要出賣你的便遲早都會出賣你，是兄弟的便仍一定會是兄弟。」

——「金風細雨樓」總樓主：蘇夢枕・十一月廿二日冬至那天在「玉塔」的說話。

一 黑髮、裸足、玉指、紅唇……

人們都相信：砍掉這棵樹是會給大家帶來災禍的。

白愁飛卻問：「為什麼？」

「那是蘇樓主說的；」楊無邪恭謹的答，「就算以前蘇樓主的父親老蘇樓主，也是這樣說的。」

第二天，白愁飛就下令「詭麗八尺門」朱如是和「無尾飛鉈」歐陽意意把樹斫掉、斷幹、拔根、掘莖，澈底鏟除。

這當然是白愁飛已在「金風細雨樓」裡得勢後的事。

◇◇◇

這件禍子捅得很大，引起很多人的猜測和關注。

兄。

京城裡正道的市井好漢，多不是「花府」花枯發就是「溫宅」溫夢成的手足弟

——溫夢成一派雖跟花枯發一脈時有爭執，數十年來老是吵箇沒完，但畢竟都是：「發夢二黨」，心息相連，血脈互通，聯成一氣，同一陣線的老兄弟、好戰友。

自從白愁飛率任勞任怨血洗「發黨花府」那一次以後，花枯發和溫夢成就更加敵愾同仇了。

這回，花枯發與溫夢成從弟子：「水火不容」何擇鐘口中聽得了白愁飛斫了蘇夢枕視同寶貝的樹這消息後，兩人都怪眼翻了翻：

溫夢成先笑三聲。

乾笑。

然後他問：「孤老頭的，這件事，你怎麼看？」

花枯發翻了翻白眼：「什麼怎麼看？」溫夢成嘿笑了一下：「如果你是蘇夢枕，你會怎麼做？」

花枯發格啦一聲，吐了一口痰，罵道：「我怎麼做？白愁飛這小子擺明了是要篡『金風細雨樓』的龍頭大位，明反了！沒蘇夢枕一手栽培他，那白皮毛的小子會壯大得像今日！我去他的！如果我是蘇夢枕，格老子的他今晚休想閤上眼皮子後還睜得開來！我抓他綑去奈何橋底餵狗屎王八！」

然後他反問溫夢成：「你呢？」

溫夢成只嘿嘿笑。

「你少來這個！」花枯發又罵了起來，「別說話前老是奸笑三聲，唯恐別人不知道你是大奸大惡！我說了你就得說！」

「若我是蘇夢枕，也不饒了白愁飛！」溫夢成卻是嘿嘿嘿的道，「白愁飛這種人，一朝得勢自比天，給他得寸進尺，日後連土地龕的位子都沒得給你蹲！不過……」

「不過什麼！？」

「記得王小石吧？」

「當然記得。他是咱『發夢二黨』的大恩人。」

「要是他在，他可是『金風細雨樓』的三當家，蘇夢枕可就有強助，不怕白愁飛了！」

「可是他爲了誅殺奸相傳宗書，已逃亡了三年多，沒回京裡來了。」

「唉，殺了一個奸相，不是又來了一個更奸的更有權的！天下貪官污吏，哪殺得完？」

「據說白愁飛敢那麼膽大包天，膽敢以下犯上，也是權相蔡京包庇慫恿的。他是想把『金風細雨樓』的武林勢力控制在手，所以收了白愁飛做義子，去奪蘇夢枕的權。」

「這樣看來，京裡可難免有亂子了。」

「這樣說來，蘇夢枕更應該馬上把姓白的宰了，否則，這白無常一旦奪得『金風細雨樓』的大權，不免就會把箭頭指向我們了……」

「不但是我們，只要是江湖好漢，武林中人，誰都有難。」

「如果我是蘇夢枕——」

「但你就不是蘇夢枕。」溫夢成森然道：「別忘了，蘇夢枕病得很重，而且他又曾遭『苦水鋪』伏襲，中了毒，加上在剿滅以雷損爲首的『六分半堂』勢力時傷得頗重，只怕已支持不住。白愁飛羽翼已豐，不然也不敢如此囂張——蘇樓主能不能收拾了這個他一手捧出來的惡人，還殊爲難說、很不樂觀哪！」

花枯發一時爲之語塞。

黑髮、裸足、玉指、紅唇……在「黃樓」。

真是艷麗嬌美的女子。

她隨著音樂舞著，不是十分輕盈，而是十分甜，十分旖旎……

在舒適、華麗的厚毯太師椅上，白愁飛卻冷著臉孔。

他一向不談情。

只做愛。

——他位置越高，權力越大，就越需要更多的女人，但又越沒有時間談戀愛，越不能付出感情。

所以他只性不愛。

——對他而言，愛一個人是危險的事，最好永遠也不要去愛。

成大事的人不能有著太多的愛。

——可是若沒有偉大的愛，又如何成就大事？

白愁飛不管這些。

他一向都是個好戰份子——在性慾上，他尤其是。

可是他今天卻很冷。

很沉。

很沉得住氣。

直至他的部下祥哥兒開始試探著問他第一句，他才開始說話。

他捏著酒杯。

只是把玩。

看著舞中的美女，看著手上的酒色，只冷眼看著酒和色。

這次他並沒有把酒喝下去。

也沒有亂性。

◇◇◇

祥哥兒小心翼翼的問：「白副總，您斫了蘇樓主的樹，這件事，你看，他會不會……」

白愁飛不經意的問：「——會什麼？唔？」

祥哥兒垂首：「小的不敢說。」

白愁飛仍是隨意的說：「你儘管說。」然而他卻已揮手停止了音樂，也終止了舞。那甜美嬌小的舞衣女子緋紅了臉離去，臨走時還半回了箇三分薄怨的眸。

祥哥兒期期艾艾的道：「我怕……樓主會老羞成怒。」

白愁飛無所謂的道：「譬如怎麼箇怒法？」

祥哥兒囁嚅道：「例如……例如……」他仍是說不出。

白愁飛淡淡的道：「如果你是蘇樓主，你會怎麼做？」

祥哥兒苦笑：「……這個……」

另一名垂手站立一旁、一直低眉低目的漢子道：「我會剷除你。」

他說得很直接。

白愁飛擰著酒杯，半轉著身子，斜睨著他，也不十分用心的問：「爲什麼？」

他加入「金風細雨樓」後，蘇夢枕立刻就派給他四名新進的好手：

「詭麗八尺門」朱如是。

「無尾飛鉈」歐陽意意。

「一簾幽夢」利小吉。

「小蚊子」祥哥兒。

——他們四人的名字合起來，就是「如意吉祥」。

這四人，有的已很忠於白愁飛，有的只忠於白愁飛。

今天，白愁飛身在「金風細雨樓」大本營的四座大樓的「黃樓」上。

黃樓卻不是機樞中心。

它是聲色藝宴、酬酢作樂的所在。

蘇夢枕卻不喜歡酬酢。

白愁飛喜歡。

——今天，「吉祥如意」四人並不是全在。

至少，利小吉就沒有來。

◇◇◇

白愁飛斜睨朱如是：「可是你不是蘇樓主。」

朱如是道：「我不是。」

白愁飛道：「你沒有病，他有。」

朱如是道：「他武功好，我不夠好。」

白愁飛好整以暇的問：「你以爲他的武功好過我？」

朱如是居然點頭。

不過他也適時補充了一句：「如果他沒有病得像今天這般重。」

歐陽意意低沉的叱了一句：「放肆！」

「不要緊。」白愁飛懶洋洋的道：「作爲你們老大的我，情勢既已這般一髮千鈞，你們何不去蘇樓主那兒，探探風頭火勢？」

二　良機

「金風細雨樓」有四樓一塔。

——共有青、紅、黃、白四色樓。

「白樓」是一切資料匯集和保管的地方。

——當日，向不受拘束的王小石和野心大眼界高的白愁飛一入這兒，也給裡中的分工精細、佈局奇大所震懾了。

「紅樓」是一切武力的結集重地：包括武器和人力，還有一些不爲人知的「實力」。

——當年，楊無邪就是從那兒取出一些詳盡的身世資料，足以把向來天塌下來都不當一回事的王小石和膽大妄爲的白愁飛嚇住了。

——那是一個組織的實力重心。

「黃樓」是娛樂中心。

——白愁飛現在掌握了那兒：那兒其實也是所有的「金風細雨樓」的弟子徒眾趨之若渴的地方；他主掌了那地方幾乎就等於控制了大家的心。

「青樓」原是發號施令的總樞紐。

不過最近傳聞蘇夢枕愈漸病重後，那兒似已少見樓主和重要人物上去開會，也鮮見有命令自那兒下達了。

命令反而多出自「黃樓」。

白愁飛在設宴擺筵、賓主共歡後下達的命令，往往很有效，很多弟子幫徒都樂意服從：因爲其利益是明而顯見、快而實惠的。

——只不過「青樓」仍由蘇夢枕主掌，雖然，他住的地方多是四座樓子圍護著的中央那座白玉塔上。

有他在，儘管已罕有人見得著他愴寒瑟縮的身影，但畢竟仍是個名正言順的總壇。

今天，他們卻見得著他。

他們一共五人。

他們是：

刀南神。

楊無邪。

樹大夫。

利小吉。
祥哥兒。
他只有一人。
他當然就是：
——京華第一大幫：「金風細雨樓」，七十一股烽煙、三十八路星霜、廿一連環塢總瓢把子：
蘇夢枕。

◇◇◇

刀南神垂著頭，神情很恭謹；他雖低下頭，但卻抬著眼，觀察這個不住嗆咳，肺葉如老而急速的風箱不住抽動，全身不時痙攣不已的主人的病情。
他心頭是感慨的。
——當年「金風細雨樓」裡的「五大神煞」，而今上官中神早就死了，薛西神也喪命在莫北神的背叛倒戈下，郭東神與自己畢竟格格不入，仍在這兒服侍蘇公子的，就剩下自己這個老將了！

他已感慨了好一會兒了。

因爲他也等了好一會。

——楊無邪已報告完畢了好一段時候。

楊無邪剛剛報告完近日白愁飛的種種囂狂舉措。

還有他斫掉了的那棵樹。

——那棵代表了「金風細雨樓」萬世不墜、由蘇夢枕父親蘇遮幕手植的、也是蘇夢枕最心愛的：樹！

◇◇◇◇◇

聽完了楊無邪的報告，蘇夢枕只懶洋洋、病懨懨擁著他榻上的玉枕，無可無不可的問：

「你們認爲該當如何處置？」

他總是喜歡先聽聽別人的意見，但等到真正執行和下決定的時候，他絕對有自己的看法，而且完全不理會他們的贊成或反對。

刀南神突然躁烈了起來：

「殺了他！」

「爲什麼？」蘇夢枕倦倦的又問。

「再不殺他，他就會先殺了你，奪了位，毀了『金風細雨樓』。」

蘇夢枕似並不意外。

他依著枕，轉向楊無邪，問：「你的意見呢？」

「篡位奪權，尙在其次；」楊無邪深思熟慮的說，「但只要白副樓主主持大局，必將我們的力量全依附支持蔡京，這樣一來，京裡的武林勢力，再不能節制這一位無惡不作的權相了。」

蘇夢枕沉默了一會，仍低首看著墊著他腰膝的那方玉枕，然後才幽幽的道：「那也不然。朝廷裡的武林實力尙有諸葛先生和四大名捕，市井江湖；也還有『發夢二黨』的勢力。」

他悠悠的道：「再說，有蔡京的撐腰，樓子裡的哥兒們不是不憂出路，而且還定必聲勢日壯嗎，這何樂而不爲呢？」

楊無邪凜然道：「可是蔡相當權，民不聊生，一味求和，不惜出賣國土，且暴徵聚斂，魚肉百姓，若再讓他當道十年，又無節制其橫恣暴虐之力，國家恐怕真要國無義士、禍亡無日了！」

蘇夢枕低沉的說：「但那是國家大事，我們只是江湖中人……」

刀南神大聲截道：「武林中人也有武林規矩，江湖中人更講究江湖規則。咱們槍尖殺敵、刀頭舐血，走的是道，行的是俠，有所爲的爲，有所不爲的不爲，跟著蔡京尾巴欺壓黎民百姓，咱們寧肯回家耕田也不混了！」

祥哥兒一味的說：「是，是，說的對……生死不足惜，威武不能屈。個人存亡事小，家國興衰體大——」

蘇夢枕瞄了他一眼，只倦乏的道：「你們要我怎麼做？」

刀南神垂手、垂首、緊跟了一句：「一切只等樓主下令——」

旋又跟前了一步，低聲道：「這是除奸的好機會，一旦錯失，良機不再，禍悔無及。」

「那種人，他想飛，」刀南神狠狠的道，「咱們就把他射下來！」

三　玄機

大家在等蘇夢枕下令。

就等蘇公子一個命令。

「通知下去，十一月廿一日酉時，在『青樓』設宴獎勵白二樓主近日的業績功動。」蘇夢枕終於「下令」：「我認爲，白副樓主把大夥兒帶到一個更好的方向去，這點不但我以前做不到，連家父也不能做到，值得嘉獎、稱道。宴由我設，人可由他來請。」

他卻是下了這一道「命令」。

聽了蘇夢枕的「命令」，楊無邪很有點感慨。

他的感慨之深，絕不下於刀南神。

——當日跟在蘇樓主身邊的「五方煞神」，固然只剩下了常影蹤杳然、神出鬼沒的郭東神，以及日漸耆老、忠心耿耿的刀南神，但當年恒常貼身保護蘇樓主的「三無」：花無錯已背叛身歿，師無愧亦遭暗算身亡，就只剩下他自己一個了。

——當年的蘇公子、蘇樓主，何等威風，而今，卻終日與枕褥爲伴。

他的心情也不好過。

他負責「通知」白愁飛。

他拿著那張帖子，重於千鈞，覺得自己實在已老了，過時了，甚至運氣也變壞了。

◇◇◇

白愁飛接過帖子的時候，那甜美的長髮裸足姑娘，仍紅唇烈艷、玉指飛纖的旋舞不已……

白愁飛叫人拆帖。

拆帖的是歐陽意意。

他顯然很小心，也許是怕帖裡有迷藥，或是有毒……

當他知曉帖子上的內容時，確也皺了皺眉頭，咕嚕了一聲：

「鬧什麼玄機嘛!?」

歐陽意意目光一轉，低聲但重調的問：「公子去麼？該去嗎？」

白愁飛目光轉向祥哥兒。

祥哥兒把聽到的早已向白愁飛說過一遍，所以，他現在只說：

「我看，蘇樓主對公子還是信重有加，沒什麼防範，不如——」

歐陽意意卻不同意。

「這可能是個圈套，」他說，「去赴約太冒險。」

兩人正要爭辯下去，白愁飛卻漫聲道：「要知道真實的狀況，何不問一個人。」

「誰？」

「樹大夫。」

樹大夫一向爲蘇夢枕治病，已逾十一年，只有他最淸楚蘇夢枕的狀況——尤其病況。

樹大夫給白愁飛「請」了過來，初不虞有他，但俟白愁飛問明了什麼事，他才凝住了笑，像給一支筷子插入了咽喉。

然後他就什麼都不說。

白愁飛叫了兩個人來。

然後他便推說有事離開了那兒。

這兩人一來，才動了兩下，樹大夫便不得不說了。

這兩人也才動了兩下手，樹大夫已只剩下一隻眼睛（另一隻眼睛已給強迫吞到自己肚子裡去了）、四隻手指（都沒有斷，只是有的燒焦了，有的燜爛了，有的給鋼針連指骨直貫而入，有的給壓扁成了肉碴子，有的是肉完好無缺但骨頭已給挑了出來，有的還真沒人敢相信那居然／竟然／赫然原來是一根手指！）、半爿耳朵（另半爿給割了下來，捂在另一隻耳朵上，裡面放了一支鞭炮，崩的一聲，血肉橫飛；樹大夫雖然另一隻耳朵聾了，但還有一隻耳朵聽得見耳腔裡充血的聲音）……

他們也沒有毒啞他，因爲正是要他聽得到問題，說得出答案來。

對這兩人而言，這回下的已不算是毒手。

主要是因爲白愁飛念舊。

——白愁飛也掛過一兩次的彩，生過一兩回的病，樹大夫畢竟下過藥醫好了他。

至於他請來用刑的兩人，當然就是他上次請去「發黨花府」的任勞、任怨兩人。

對於用刑，他們兩人，一向任勞任怨。

◇◇◇◇◇◇

京城裡，當然不止「發黨花府」和「夢黨溫宅」在猜測樓子裡的戰情。

正在聞賞初梅香的雷純也不例外。

在「六分半堂」的梅園裡，雷純清澈得像未降落大地以前的雪，望向那一角在這一場飄雪裡黛色的塔。

那塔頂略高於附近的四座四色的樓，在霜雪中仍有獨步天下、冷視浮沉的氣派。

——可是人呢？

那樓上的人是否仍沉痾不起？

——那是個她差一點就嫁了給他卻是殺了她父親的仇人。

直至狄飛驚溫柔的語調在她身側響起。

——那一定是狄飛驚。

——不僅是因爲狄飛驚才能這樣了無憚忌的靠近她身邊，更因爲只有狄飛驚才會把那麼冷傲的語調在對她說話時卻成了千般柔情。

「小心著涼了。」

雷純微微一笑。

狄飛驚爲她披上了氈子。

「他怎麼了？」

「他？」

「蘇夢枕。」

「——哦。」狄飛驚很快的便又恢復了：「據莫北神探得的消息：白愁飛斫掉了蘇夢枕那株心愛的『傷樹』，可是……」

雷純又微微的笑了，像雪裡初綻的紅梅，她說：「可是蘇夢枕並沒有怪責，是不是？」

狄飛驚打從心裡不由得他不佩服雷純的猜測判斷。

「他還在明日設宴，招待白愁飛，說他爲『金風細雨樓』立了大功……」狄飛驚的下頷向那一角飛簷翹了翹，補充道：「樓子裡現在正山雨欲來……」

雷純道：「那麼說，樹大夫可要小心了。」

狄飛驚怔了一怔，旋即又明白了她的意思。

可是她已幽幽的說道：「……可不是嗎？現在都已下雪了——」

她說的時候，負著手，肩膊很瘦，很纖，也很秀。

她望著那株老梅。

以前她老爹雷損最愛品賞的就是這株種了三代的梅樹。

這梅樹就種在雷純閨房的窗前。

在那兒可以眺望雄視京華的「金風細雨樓」：尤其住著那久病未死、始終主宰京城武林的神奇人物，還有他們住的「象牙塔」和所主持的「青樓」。

狄飛驚從側裡望去：只見雷純的容顏，經霜更艷，遇雪尤清……

雷純似乎在等待。

她等什麼？

報仇？殺敵？還是等敵人仇人互相殘殺？她這樣一個仃伶、艷美得令人七分動心三分痛心的女子，能做些什麼？

她一直拈著梅花，眺望那一角雪裡的塔。

塔裡的人呢？

那曾叱吒風雲、傲嘯八方、主掌七萬八千名子弟徒眾而今病得奄奄一息，卻給他一手栽培出來的義弟步步進迫的奇人，現在正在想什麼？做什麼？等死？還是等待反擊？或者他也正自窗簾裡望出來，正好望見遠方院裡園中，有一個遇雪尤清、經霜更艷的女子，正在等著他敗、亡、倒下來……？

◇◇◇

在她身邊的狄飛驚，一直在猶豫，是不是該告訴她：聽說、據悉、風聞：王小石又要回到京師來了。

四　夜機

樹大夫終於回答了白愁飛的問題。

他作答的時候已經「不成人形」。

白愁飛當然沒有直接問他。

他行事有一個原則。那麼多年的不得志和重重挫折、打擊告訴他：如果他要對付一個人，不到最後關頭，是完全不必要讓對方知道原來是自己。甚至到了最後關頭，最好讓對方死了也不知道是自己幹的，這樣就算對方當了厲鬼（如果真的有鬼的話）也不會找他復仇。

所以他叫任勞、任怨去問。

「蘇夢枕的病情怎樣？」

「他病得很重，如果不是他，一般的武林高手早已死過十七、八次了。」

「他的傷怎麼樣？」

「他的傷也很可怕，從內傷到外傷，有時連我也懷疑他是不是還活著？」

「他中的毒又如何？」

「很嚴重。一條斷了的腿根幾乎完全腐爛掉了。經脈完全失調。有時候我也不明白他怎麼還能夠活著，而且好像還可以活下去。」

當任勞出來向白愁飛報告到這一句的時候，白愁飛就說了一句：「好像可以活下去不代表就可以真的活下去。」

然後他走進了動刑的地方。

他的翩然出現，使樹大夫萌起了一線生機。

他哀喊：「副樓主救我！我什麼都說了。」

白愁飛點了點頭，吩咐道：「你們這樣對樹大夫，太過份了。」

然後便走了出去。任勞跟上來問了一句：「真的放麼？」

白愁飛嗤笑道：「怎能？我一進去他就向我求饒，還說他什麼都說了，顯然已知道是我下的命令。我想，任怨會比你更明白我的意思。」

果爾。

◇◇◇

白愁飛說的一點也不錯。

——任怨比任勞至少年輕了四十歲，但手段卻比任勞更狠上四十年的火候。

——現在的年輕人，有一個傳統：就是一代比一代更狠。

任怨已經在白愁飛轉背後，就開始殺樹大夫。

他割斷樹大夫的咽喉。

他用的是一條線。

他現在已不需要再聽樹大夫的說話了。

——當然，他是用了足足一個時辰，才用那條韌性很強的絲線慢慢的，慢慢慢慢的，慢慢慢慢慢慢的割開了樹大夫的頸膚，切開了他的肌肉，再割斷了他的血脈，最後才鋸斷了他的喉管。

當然，直至死爲止，樹大夫仍是淸醒著的。

不過，據說樹大夫的神情卻很奇怪。

沒有尤怨。

甚至也沒有驚怕。

他的眼神發亮。

就像看見一朵花盛開。

——可是外面只有雪，沒有花。

這使得一向好虐殺的任怨感到很不過癮，不夠愜意。

他並沒有把這一幕報告白愁飛知道。

反正，相爺下令刑總朱月明派他和任勞來協助白愁飛，目的旨在白愁飛和蘇夢枕一決生死，其他的都不重要。

窗外是夜。

正下著雪。

——他可不認爲這樣的夜晚裡會暗藏什麼玄機。

◇◇◇

知道敵方實際情況後的白愁飛，向祥哥兒說：「向蘇樓主回話，我會在明晚參加他在青樓設的夜宴。」

這個決定，並不出奇。

出奇的是白愁飛下一個命令。

他向歐陽意意暗中下達的一個旨意。

第二個命令由於是秘密且是私下傳達的，所以沒有傳出去。
但第一個命令很快就傳到「有橋集團」的米公公和方應看耳裡。
聽完了「鐵樹開花」二人的報告後，方應看馬上虛心的向米公公請教：
「您看，他們兩人會不會在宴上硬碰起來呢？」
米公公在剝著花生。
先剝殼。
——把它捏爆。
再拈出花生。
——彷彿很垂涎。
再剝花生衣。
——細心得就像給心愛的女人寬衣。
然後才用指尖一彈，「卜」，花生落入嘴裡，像情人的一個親吻。
咀嚼。
——細細品嘗。

而且回味無窮。

他似一點也不急。

方應看也不急。

他安好如婦女，文靜若處子。

他等。

他年輕。

他能等。

——只要他能得到他想得到的（不管那是一個答案還是一個夢想），他都會耐心佈局，然後等待。

他相信收成是一定會到來。

——越是能等，收穫必然越多。

他也相信米公公一定會告訴他答案。

他所需要的答案。

——這個給當今天子御賜名號爲「有橋」的老人，的確是任何絕路，只要有他在，就會有橋搭通，有路可走，確有過人之能，非凡之智。

「那天晚上是一個機會，一個重大的機會。」米公公邊吃花生邊說，「不管是蘇夢枕除掉白愁飛，還是白愁飛除去蘇夢枕，這天夜裡是良機。」

「那麼，」方應看繼續問下去，「依您看，到底誰會剷除誰呢？」

米公公瞇著眼。

他剛吃到一粒好花生。

香。

而且脆。

鹹得來帶點甜。

——這花生米一定來自肥沃的土壤吧？

「誰除了誰……誰都得要小心哪，」他突然嗆咳了起來。

激烈而劇烈的咳嗽使他撫著胸口，而且不得不再大口大口的呷了幾口酒，

「……京城裡的勢力，又快要重整了……」

真是。花生雖好吃，酒雖醇，但每次吃花生後，總是給他帶來了一些不幸，難道花生吃多了，運氣會壞下去嗎——米公公越來越有這種感覺。

這種說不出、道不清、分析不明白的奇異感覺。

五　早機

酉時的夜宴，白愁飛和祥哥兒，還有「落英山莊」的葉博識、「天盟」的張初放、「武狀元」張步雷，還有一眾武林道上、京裡有名有望的好手，大搖大擺的進入了「青樓」。

白愁飛還笑著向大家敬酒賠罪：「樓主還未到，我這兒先代他敬大家一杯……」

張初放喝了口酒，笑說：「白副樓主，咱們是不是來得不合時宜，太早一些了呢？」

白愁飛道：「早？哪有早？所謂早起的鳥兒有蟲吃……早才有機會，愈早動手愈把握得住機會。」

張步雷卻道：「那是像白副樓主這種雄圖大志，早起的大鵬鳥，當然有蟲可喫了。可像我這種早起的蟲兒，可有啥吃……!?」

話未說完，張步雷已吃了一箭。

箭不止是一支。

更不只射向張步雷。

更多的箭，是射向白愁飛。

白愁飛猛然掀桌。

他以桌面擋住了箭。

他藏在檯底，滾動，想盡辦法脫離危機，但至少有十六名籐牌刀手也滾動旋斬了過來。

他立即衝天而起。

破樓而出。

可是樓頂至少有十二根槍在等著他：只等他一上來，就往他的要害扎下去。

但白愁飛的人還未升到樓頂，手指已然不住彈動。

——那就像是按著琵琶弦絲或箏弦的手指，神奇的跳動著。

然後人便一個個在慘叫聲中、給封住了穴道、栽了下來。

這時候，張步雷已經射成了箭靶子。

他本來也許還可以避開幾箭、擋開十數箭、格住數十箭的。

可是他在中箭前已失去了大半的戰鬥力。

因爲他已中了毒。

顯然酒中有毒。

◇◇◇◇◇◇

那是蘇夢枕爲招待而備的酒，怎麼會有毒!?

◇◇◇◇◇◇

這時際，在玉塔裡的蘇夢枕，正要赴「青樓」之宴。

但他找不到樹大夫。

——這一天來，他服的只是大夫留下的藥，卻找不到大夫。

「樹大夫去了哪裡？」

「不知。」

「不知道。」

「我不知道。」

——當連楊無邪也說「不清楚」的時候，蘇夢枕陰影籠上的不止是眼，更且是心。

這時候，祥哥兒就氣急敗壞的奔來通知他：

「不好，青樓有敵來犯，遇上伏襲，副樓主應付得來，並請樓主暫緩過去。」

◇◇◇

白愁飛終於登上青樓之巔。

他覺得高處不勝寒，一覽天下小。

這時，一人向他飛襲而來。

不是用武器。

而是用人。

——這個人自己。

◇◇◇

這個人當然就是歐陽意意。

他以他的身體爲兵器。

——真的是一件「無尾飛鉈」！

◇◇◇◇◇◇

白愁飛的眼睛亮了。

臉卻白了。

比他身著的雪白長袍還白。

他不退反進，一把抱住正飛襲過來的歐陽意意，在敵人的身子將要擊中他身子之前的一剎那，他制住了對方，然後厲聲喝道：

「是誰派你來的!?」

這時，朱如是早已帶著「金風細雨樓」裡效忠白愁飛的部屬，還有「落英山莊」、「天盟」的徒眾趕到，敵住那一干殺手。

只聽白愁飛又再厲聲喝問：「誰派你來殺我們的!?」

他站在高處，所以說的話，聲厲，傳出老遠，而且清晰，自是人人都聽得見。

歐陽意意馬上跪了下去。

叩頭。

求饒。

「我沒有辦法。副樓主，你要饒恕我，我不是叛變，我只是沒有辦法不殺你……」歐陽意意哀求的聲音也很響亮，「是樓主下的命令，我豈敢不從——」

對，如果是樓主下令他殺副樓主，那還稱得上是背叛嗎？他能抗命嗎？他可以不殺嗎？

白愁飛聽完之後，捂著心，仰天咆哮一聲，翻身落下，搖搖欲墜。

顯然他也中了毒。

◇◇◇

這一下，激起了眾怒。

在筵宴裡倖免於難的武林人物，無不對蘇夢枕恨得牙嘶嘶的，磨拳擦掌，群情忿慨。

「太過份了！」

「太毒了！」

「太絕了！」

「對自己的拜把子兄弟也下這種毒手！」

「——連對我們也下此辣手！」（這種話其實是人人都最想說的，也最聽得入耳的一句。）

終於有人說出了這一句：

「蘇夢枕這人性情乖常，『金風細雨樓』的樓主也早該換換人了。」

說了這句話之後，說話的人和聽話的人，都一起扭過脖子，望向正盤膝逼毒的白愁飛。

◇◇◇

這時際，「神侯府」裡一直密切留意「金風細雨樓」的諸葛先生，乍聽這個「蘇夢枕容不得白愁飛」的消息，銀眉一皺，道：「蘇樓主情況只怕不妙。」

舒無戲奇道：「怎麼說？」

諸葛先生捫鬍道：「白愁飛這麼費心佈署，是要先在『理』字站住了陣腳。他要把蘇夢枕擠掉，也不得不顧江湖道義。他畢竟是蘇夢枕一手栽培上來的人。」

無情接道：「這次，他既可在眾目睽睽下證實：是蘇夢枕下毒手在先，他大可為所欲為而無礙了。」

鐵手卻道：「但張步雷也死在宴中啊——他可不是蔡京的心腹爪牙嗎？」

追命卻回答了這個問題：「張步雷是蔡京的人，但卻屬不同派系。像張初放、葉博識等人，就比較支持白愁飛得勢；張步雷和黎井塘等，就幫著方應看那一邊。」

冷血濃眉一軒：「所以白愁飛借刀殺人，先行剪除張步雷？」

「張步雷只是個犧牲品，」諸葛先生道，「白愁飛志不在此。」

他本要派四大名捕去保住蘇夢枕，但這時候，各路烽煙起，他已要趕去甜山拯救二師哥天衣居士。這卻中了元十三限的圈套，六合青龍一起包抄甜山，實行格殺諸葛先生。不過這卻也驚動了四大名捕，趕去四房山對付六合青龍（詳情請見《驚艷一槍》）。故此，諸葛一脈便一時再也無餘裕處理「金風細雨樓」的內鬨。

舒無戲本可以做點什麼，但元十三限還有一個大徒弟：「天下第七」，偏也在這時候糾纏著他；待他們都鬆了一口氣時，「金風細雨樓」已很快的有了新局：成了定局。

六　唱機

報上去和傳出來的當然是：蘇夢枕暗殺白愁飛不成，卻殺了張步雷。
於是蔡京同時以丞相兼京城戍衛總指揮的名義下令：緝拿要犯蘇夢枕。
有了這道命令，白愁飛等人行事就方便得多了。
他在兩個時辰之內，已名正言順的奪得了原是蘇夢枕的一切權。
並使所有本來效忠蘇夢枕的人轉而為他效命。
因為他代表了正義。
他身受王命。
他是為了道義而大義滅親——而且顯然還是迫於無奈。
他取得了青樓。
攻佔了白樓。
包圍了紅樓。
（黃樓本來就是他的。）
他孤立了四樓中間的玉塔，然後，他才和幾個得力的部屬，施施然的入了塔、上了塔、登了塔。

這塔才是真正代表了「金風細雨樓」的權力中心。

——「天泉山下一泉眼，塔露原身天下反」，指的就是這座塔下的天泉。

他進入這塔的時候，心情是頗爲微妙的：

他雖已很接近「金風細雨樓」至大的權力重心和中心，但始終極少進入這座塔。以前蘇夢枕雖信任他，不過也很少讓他登塔。

這塔也沒啥特別。

只像一支受盡風霜的象牙，彎彎的向上升去，其磚色也與象牙差不了多少。

但「金風細雨樓」裡一切號令，都得出自此處，遞交青樓，然後才能遍行幫內，遍傳京裡。

他雖然很少進入這兒，但對這裡已搞得很清楚、摸得很熟。

他做一件事前，必定弄得很明白。

知己知彼，雖然未必就百戰百勝，但如果能做到知彼而彼不知己，至少就能穩操勝卷，反之則必敗。

他記起昔日初遇蘇夢枕的時候，他跟這名動八表的人物一起登京裡的樓：

——三合樓。

那時還有個王小石。

那真是奇妙的感覺！

——他們一見面就結義。

——很快就進入了權力中心。

——那是他苦等了多少年的時機：終於到了！

那時候是一個轉機。

而今更是一個更上層樓的轉捩點。

他一步一步的上塔。

就像一步一步的登上巔峰。

——也一步一步的接近權力的極致。

他珍惜今天。

他珍惜這種感覺。

——有時候，快要得到了的心中狂喜，要比已得到了時的滿足還要可珍可惜，令人如痴如醉。

他覺得他已一步步的進入了他一生的最好時機。

——雖然偶然也有挫折。

（像那次在「發黨花府」對付不了王小石！）
（聽說近日他又回到京師來了！）
（總有收拾他的一日！）
他覺得現在是他最好的時機。
所以他很愉快。
他哼著歌。
甚至還巴不得把這種得意的機會用歌聲唱出來。
其實，他心裡一直在等著這一天。
唸著這一天。
念著這樣的一天。
——但卻不敢宣於口。
到了今時，今天，他，終於，能夠，把它，唱出來了：

◇◇◇

「我原要昂揚獨步天下，奈何卻忍辱藏於污泥；我志在叱吒風雲，無奈得苦候時機。龍飛九天，豈懼亢龍有悔？轉身登峰造極，問誰敢不失驚……」

他終於上了塔。

塔頂。

◇◇◇◇◇◇◇

入塔之前，他已先佈署好。

——包括要說的話。

「我們在青樓突遭暗算，主使者是誰，仍未得知，但想必有極大的陰謀。他們都說是大哥你，我不相信，因爲你若要殺我，早就殺了，又何必等到今天，是不？可是蔡相爺因張步雷之死，勃然大怒，要我們樓子裡的當事人出來認罪，他指明的是你。我想，大哥身體欠安，不如由我去擔當好了。所以我斗膽先行把四樓的機要樞鈕一一歸入我名下，這只是假意造作，好讓相爺不深究到底：說什麼，我都是他老人家所寵信的義子。我自縛到相府請罪之前，還是要求一登玉塔，向大哥你告辭請安，才能償夙願，方能安心。」

這一天，是冬至。

在冬至前一天晚上，白愁飛面臨這樣的重大抉擇，縱使他是一個相當狠心辣手的人（這點他自己也承認，甚至引以爲榮：一個人若不能「狠心辣手」，壓根兒就不能在江湖上闖蕩；當然，「狠辣」是不能過一輩子的，而且心狠手辣的結果往往也不得善終，但在心狠手辣得到江山之後，才不妨再做些善行義舉收買人心，鞏固地位，安享晚年，這才算明智之舉。），但要他親手推翻／篡奪／背叛／出賣／殺害自己的義兄，心裡未免都有點講不過去。

況且，他要對付的是京城裡第一大幫會的龍頭老大，他要把對方推下去，坐上這位子，非但戰戰兢兢，還患得患失。

——那畢竟是個極難對付的人。

百足之蟲，死而不僵。

——這雖然是個病人，但卻比八千個龍精虎猛的人還要難對付。

所以，他首先得要使自己在心裡講得過去再說。

怎樣才說得過去呢？

首先得要在理字上站得住陣腳：

第一，蘇夢枕畢竟是一手栽培他上來的人。他今日能如此接近權力中心，完全是蘇夢枕的提攜與信任。

其次，蘇夢枕說什麼也是他的結義老大，他要背叛他，未免對義有虧，在江湖好漢面前說不過去。

再說，蘇夢枕父子創立「金風細雨樓」，勢力深遠，樹大根深，武林地位崇高，江湖面子足，以自己的實力，就算能取，到底能不能代之呢？

而且，「金風細雨樓」總瓢把子這位子不好坐，一旦坐了上去，他日上不得卻也下不來，如何是好？不如安定守成，當個有權有勢得志得令的副樓主，惡名由蘇夢枕來揹，好事由自己來扛，豈不樂哉？

況且，要是他真的對蘇夢枕發動攻勢，自己是不是解決／應付／殺得了對方，實在還是一個疑問。就算除得了蘇夢枕，蘇氏羽翼會不會爲他報仇，也是一件棘手的事。

回顧過去，「金風細雨樓」創立以來，多少人曾跟這一身是病的、權力與神秘同在其身的人作過殊死鬥，到頭來，誰也沒贏得著他；他仍是站立不倒，誰也不能撼動他分毫——

——除了疾病。

越來越糾纏、糾纏得越來越難分難解的疾病。

七　夢機

一直等到月近中天，樓西的河面上傳來艄公快速的搖櫓破水聲響，白愁飛才在心焦如焚、反覆思量中省起：

白愁飛，你如此婆婆媽媽、婦人之仁，如何成大事！

他決定要叛蘇夢枕，並一一反駁「不可叛」的理由：

一，就是因爲蘇夢枕一手培植他起來，他更要叛殺他。

蘇夢枕培育他在京城日漸壯大，因而，他曾在掙扎冒升之時的挫折、屈辱、失敗和錯誤，蘇夢枕都歷歷在目。他今已魚躍龍門，不可以也不可能讓一個知道他卑微過去的人還活在世上！

況乎，歷代第一號人物，一旦穩坐江山，必不能容讓身邊的大將重臣還能威脅到他的權力，漢高祖大殺功臣，宋太祖盡誅政敵，莫不如是。這樣下去，只要蘇夢枕一旦恢復健康，重新掌握大權，必不會放過自己，倒不如先下手爲強！

二，自己一旦能掌權得勢，倒不怕武林中人菲薄敵視。這江湖比啥都現實，一旦有權有面，就誰都會來巴結你。誰會那末吃飽了沒事幹，爲失勢了或死去了的人報仇？誰當政就是誰的天下，誰倒下去就活該吃糞！

這武林不比從前。連朝廷都不顧公理，一味怕事求和，誰都以現實利益爲據，哪有笨伯來談大義大仁？何況，他師出有名，是朝廷下令他大義滅親，有相爺撐腰，誰敢說個不字？

三，不錯，「金風細雨樓」雖爲蘇氏父子所創，但一朝天子一朝臣；且看秦國掃六合，統一天下，何等威風！卻不過短短數年，即兵敗如山倒，堂堂大國，全盤崩敗，群雄並起，相繼稱霸。當年曹魏，亦何等風光，但不久即遭司馬氏蠶食，成就了晉朝。管他誰創了天下，誰有能力、才幹，都可學劉邦說一句：「大丈夫當如是也。」或跟項羽喝一句：「彼可取而代也！」

這些年來，他亦已花了不少心機，在「金風細雨樓」紮好根基，要廢蘇夢枕自立爲樓主，早已胸有成竹，且擁兵在手，他此時不反，豈不是成了韓信，在該反時不反，不當反時卻反，不是早夭便是枉死而已！

四，人應該要有志氣。白愁飛自小的志願就是：不鳴則已，一鳴驚人；不飛則已，一飛衝天。他常常夢想自己是一隻鳥，大鵬鳥，飛上九霄青天任翺翔。現在他已飛了，但還不是在人生的最巔峰。他要登峰造極，就得不畏高不怕寒。

上頭有人替自己揹黑鍋，固然是好，但忒沒志氣。做人要就閒雲野鶴任逍遙，要不然，就當皇帝天子（要不然就當相爺蔡京），做對了，萬民稱頌；錯了，也有千千萬萬的人為他揹黑鍋，多好！今日自己不可能短了志氣，登上了「金風細雨樓」的寶座，才算是開始。他日，說不定還能藉此晉身正路功名，保不準有日能與相爺實力相持，也殊為難說……自己豈可躊躇不前，猶疑不決。

——自來無毒不丈夫！

五，至於他是否對付得了蘇夢枕？平時，難說。可是，現在呢？

他病了。

英雄只怕病來磨。

——征戰愈久，傷口愈多。

蘇夢枕殺了不少人。

打敗了更多人。

這些人，大都是不世高人、絕頂高手。

蘇夢枕仍保持不敗。

他仍屹立不倒。

但卻不能保持不傷。

他傷得愈多，病得愈重。

——只有在這時候，白愁飛有充分的把握可以取勝。

何況他已佈署好了一切。

——這時候不動手，難道還等到敵人病好了之後？

那時候，要是對方先下手，自己不是噬臍莫及嗎？

他可不想當韓信、英布！

他狠下了心：

一定要幹！

——必殺蘇夢枕！

◇◇◇

江湖上不是有這樣的流傳嗎？

——欲殺蘇，先殺白！

迄今，誰都殺不了蘇夢枕。

除了他。

他自己：

——白愁飛！

能殺蘇，必是白！

◇◇◇

要一飛衝天想一鳴驚人欲一步登天圖一帆風順的白愁飛，他想高飛，就得先殺掉開始是扶持他現在成了障礙的蘇夢枕！

◇◇◇

白愁飛下了決定之後，他還決定看著天意：天機。

他心想：我隨意拈一個字，要是筆劃成雙，就是天意要我殺蘇夢枕。如果是單劃，則應改變這個計劃。

他果真隨意想了一個字。

哦，這個字似忽爾在他心中「浮」了出來似的。本來沉積已久，而今終於浮現了。

那是個：「夢」字。

夢。

他在土牆上用勁寫了這麼一個大字。

寫了之後不由得有點緊張起來。

月華如垠。

普照大地。

此時正是：

雲收萬岳，月上中峰。

月光無限，有人正搖櫓以快速渡河。

他真的默算「夢」字筆劃。

他靠著窗，向著月，對著河，算字的筆劃，這情景真有些似夢，誰也看不出來這翩翩公子的冥目玄想裡，原來是正計算著如何背叛他的結義大哥。

咦？

不對。

因爲「夢」字只有十三劃。

——十三劃，那是單數。

就算加上草花頭：「艸」字，也是十五劃。

十五劃，仍然是單數。

——這樣豈不是天意要我終止這計劃嗎!?

他不甘。

他不平。

——大丈夫豈可久屈人下？

他還年輕。

他還要拚。

他想超越前人的成就，不要當一個受人指使的副手！

——這天意到底是不是天意!?

這天機算什麼天機！

他不服氣，所以去翻查古書。

這一查，卻給他查看了：原來古「夢」字，中間是「罒」而不是「艹」。

這就大大不同了。

至少加了一劃。

——加上這一劃，就是十六劃了。

雙數！

天意也！

——天機要殺蘇！

這是天的意旨，天機如此，天意不可違也！

逢佛殺佛，遇祖殺祖！

他高興得彈著指。

指風破空。

射月。

這指風使得河上的櫓公，也有所感應，抬頭見明月，也不知是清風拂明月，還是明月拂清風？

這裡邊到底有沒有天意？若有，誰也不知；若有，誰也不懂。

只不過，月華依然普照，千里照樣同風。月光照在牆上，輕風拂在白愁飛髮際。

那土牆上的「夢」字顯得特別清晰。

白愁飛看在眼裡，卻是滿目都是權力。

只不過，偶爾也有如此念頭飄過：

明天就是冬至。

要動手了。

——卻不知蘇夢枕——蘇大哥——蘇樓主現在正在想些什麼？有沒有正想著什麼？

八　劫機

有。

蘇夢枕夢枕不成眠。

他倚著枕，望著月，在尋思。

他想起了白愁飛。

還有王小石。

他可以說是想起了白愁飛便想起了王小石，反之亦然。

◇◇◇

白老二是個甏不住的人。

他對權字看得太重。

一個對權力欲望太大、權力欲求太強烈的人，是無法與人分享他的權力的。

白老二遲早都容不下自己。

自己的病，卻是越來愈沉重了。

自從在苦水鋪中了淬毒暗器，又強撐與雷損一戰，病、毒、傷，就一併發作了。

可怕的病。可怕的是病，而不是死亡。病煞是折磨人，把人的雄心壯志，盡皆消磨，到頭來，只剩下一具臭皮囊，對死亡，卻是越迫越近，越折磨越是可怕。

誰不怕死？

自己便極怕死。

簡直貪生怕死。

能活著，總是件好事。人生苦樂，總是要活著才能感受到，死了便啥都沒有了。佛家教人看破生死，但不是叫人立刻去死。自己要不是怕死，便不怕病了，一病，就自盡，那還怕什麼病？只有病怕自己死。——卻是連病也怕死！

——一旦死了，便沒有感覺了，軀體腐蝕了，病魔也無用武之地了！

最近，自己的呼息又急促了。

劇喘。

多痰。

痰裡有血。

吃什麼下去，都嘔出來。

一睡下去，痰便上喉頭來了，胸膛裡似有人以重掌擊打著，還完全不能睡：一旦躺下去，咽喉似有千個小童在呼嘯去來，幾乎完全不能呼吸！

不能睡，只能乾耗著，聽著自己咽喉胸臆間相互呼嘯，看著自己一天天皮包骨撐皮的消瘦下去，感受到自己的手指腳趾四肢頸肩漸漸有許多動作不能做、不能幹，甚至不能動作了——這是比死還淒然的感覺。

看來，今晚「青樓」之宴出了事，只怕有蹊蹺。

——是白老二沉不住氣要動手了吧？

卻是選得好時機！

——正是自己病發的時候！

自己也早算得有一劫。

——可是這一劫過不過得去？劫得重不重？卻是天機！

這是個劫機，但正如良機一樣，可以算得出來，卻不知輕重、大小。

這是術數算命的缺失之處。

自己雖精通命理相學等十六種術數，但絕對精確的神算，那只有問天了。

自己確是可以算得出來：什麼時候走好運，什麼時候走霉運。

——像過去十年，他正鴻運當頭，但隱伏危機！

危機有什麼要緊，反正富貴險中求。

——一如現在，他正走著霉運。

但自己卻不得知：好有多好，壞有多壞？

自己可以算到人有火厄。但火厄有多大破壞，可算不出來。那可能是給一支蠟燭火焰燙傷了手指，但也可能是燒掉整座房子。

自己也能夠算著他人有意外之財。那意外之財到底有多大？是賭坊上贏來了十萬兩銀子，還是路上拾到了一隻金戒指，他也算不準。

同樣爲自己算了一算：今年，有劫。

——有機象顯示遭劫。

但劫運有多大、多強、多麻煩，殺傷力如何，也無法看得準。

當然，術數可以配合面相和手相來看。

可是自己現在正患病。

臉色已太難看。

這時候，連自己也討厭看到自己那張臉。

那就像一張鬼臉。

臉上點燃著兩點寒火。
鬼火。
那就是自己的眼。
——看相首得要看眼神，自己這樣的眼神，實在已不必看下去了。
看下去只心寒。
至於手相，也不必看了。
自己的手，一直在顫。
別說拿刀了，甚至還捏不穩筷子。
甚至連下頷也一片慘藍。
這是長期服藥的結果。
自己相信也感受得到：肺部有個惡毒的腫瘤，而胃部也穿了個大洞。
自己的五臟六腑都似逕自移了位，身上也沒有一塊肌骨是完整的。
有這樣的內臟，而且還廢掉了一條腿，自然手心發青。
掌紋簡直一團亂。
——只怕連眉心都已開始發黑了吧？
只有苦笑。

——這一劫，應得有多重都好，都是明年的事。

看來，自己還熬得過今年。

捱得過今年，大概王老三就會回來了。

這些年來，自己一直在留意老三的動向，他去到哪裡，只要自己能力所及，他都特別交代當地的英雄豪傑，特別的照顧他。

自己盡了一些心力。

這可好了，京城裡權力變更，王小石又可以回來了。

他回來，或許就可以節制白老二了。

只不過，老二一定不會讓他輕易歸隊。

所以，自己也派了親信跟老三保持聯絡。

也許，自己雖有劫運，但疾厄宮卻自明年起有轉機。

自己一旦能夠康復，就可以重行整頓，不管內患外敵，總可放手一搏，決不甘坐以待斃。

加上王老三及時回來，自己就不怕白老二這等野心勃勃的人了。

——如此情勢，卻是要不要先下手爲強呢？

白老二會不會提早動手呢？

不可。

自己委實病重。

小石頭未返。

不能打草驚蛇。

——現在的「金風細雨樓」，已有一半以上是白愁飛的心腹。

這局面只能拖下去。

何況白老二還有權相撐腰。

如果彼此公然開戰，自己能敉平內亂，只怕也元氣大傷。禦得了內奸，也防不了外敵。外患定趁機攻擊圍剿。

萬一殺不了老二，只怕他老羞成怒，發動朝廷軍力，那時就一拍兩散，「金風細雨樓」的基業，就得從此毀了。

而且，二當家的人雖然浮囂叛逆，但未必就一定會叛我逆我，說什麼，自己都是一手扶植他起來／上來／竄紅得抖起來的人啊。

他的人只是不討好些，手段激烈些，但他已在一人之下，萬人之上，實在沒有理由也沒有必要背叛我的。

疑人不信。

信人不疑。

自己要用他，就得信他。要他不背叛，也得重用他。想他不生貳心，就得把他推心置腹。若處處防他，一旦給他發現了，不生異志才怪呢！

白愁飛原本就是那種「呵風罵雨機鋒峻烈」的人。他橫行無忌，恣肆無畏的攝人氣勢，連敵人有時都聞之膽喪。

但自己只有看著：

朝朝日東出

夜夜月西沉

自己學的是一種「勇退」——也就是一種「迴光返照式的退步」。有時，萬事不由人，不如冥思靜慮，放下塵俗，只管打坐，而又自有分數。

甚至既不思善，也不思惡。

只想念。

——思君如明月。

想念她。

那女子。

一塵舉而大地收，一花開而世界起，都是爲了爲了，世間世間，有那女子。

——夜夜減清輝。

◇◇◇◇◇◇◇

蘇夢枕想到這裡，長吸了一口氣。

這口氣又在他胸臆間造成劇烈的撞擊。

——對別人而言，那只是呼吸一口氣；對他而言，每一次呼和吸，都在他生命裡減少了一次，而且這每一次生命的呼息都使他痛苦以及痛楚莫名，所以他更珍惜這每一次的呼吸。

他決定明天接受白愁飛的要求：

——白老二在明兒冬至，要入象牙玉塔進見自己。

——若不給他來，他必生疑慮，只怕會馬上造反。

——如給他來，就得要冒險。他相信在今年之內，白愁飛時機未成熟，還不敢輕舉妄動。

——假如趁他來的時候，自己主動的伏襲狙殺他，這一點，自己卻做不來。

當兄弟手下出賣和暗算他的時候，他必然反擊之；但要他先行暗害和出賣自己的弟兄弟子，他做不到。

有所爲，有所不爲。

不是不能，而是不願。

冬日的梅花甚美。

他聞到梅香。

——隱約是從「六分半堂」那兒透過來的吧？

月光如夢。

夢如人生。

想到這兒，他又嗆咳起來，全身也痙攣起來，眼睛也紅了起來，緊緊的抓住懷裡的翠玉枕頭。

在他一生裡，都是惡戰的夢。

只有一場是旖旎而甜蜜的。

——但那女子已成了仇家，日日在等待他的死訊，夜夜磨亮刀刃，要把冷冰的懷劍刺入他尚有餘溫的體內。

啊。

誰家吹笛畫樓中？

笛聲悠悠傳來，像是訴說一個夢。
一個遙遠的夢。

◇◇◇◇◇◇

夢，遠了。
枕，卻還在身邊。
月華，照著他的無眠。
劫，卻不知遠近，在等待他來應驗。

九　應機

白愁飛入了塔。

上了塔。

——「象牙塔」。

他見著了蘇夢枕。

——一個病得快要死了的人。

他一看到了這個人，心中馬上有兩種感覺：

一是緊張。

這些年來，是這個人栽培他，從當年的仰儀到後來的親近，這人的過人之能仍給他相當震撼和神秘的感動，到現在仍未能完全改變過來。

而今天，他是來對付他的。

所以他感到緊張。

一如平常，他覺得緊張的時候，就呼吸。

深呼息。

另一種感覺是：
——這不但是個病得要死的人，而且是個病得要死但卻偏偏怎麼病都病不死的人。
也就是說，這是個生命力極強的人。
——既然這個人病不死，他只好提早結束他的痛苦：
他決定殺了他。

◇◇◇

他不是一個人上來的。
隨行的還有五個人。
其中四個人，自然是「吉祥如意」：
朱如是。
歐陽意意。
利小吉。
祥哥兒。

另一個不詳。

「不詳」就是他有臉又似沒臉——臉上就像罩上了一層肉色的薄紗似的，皮笑肉不笑，肉笑骨不笑，有時五官都笑了，可是卻連一點笑意都沒有，敢情是臉上罩上了一層人皮臉具。

這人如果不是跟著白副樓主上來，只怕已在塔外三十丈已給人截下來了。

白愁飛帶五個人上來，也很合理。

身爲一個副總樓主，身邊總該有點人手，這才夠威風，這才像話。

而且，既能讓白愁飛上來，卻不許他的隨從上來，未免令人生疑——能活著進去，是不是也可以活著出來？

蘇夢枕身邊也是有人。

三個人。

都是姓蘇的。

這三人當然是蘇氏子弟，而且都是蘇氏家族裡精選出來的子弟，在早十年前，蘇夢枕已讓他們一個學穴位按摩，一個學推拿針炙，一個學煎藥採藥。

這三人學成後，都一直留在蘇夢枕身側，爲他害病時煮藥、按摩和針炙。

當然，他們總體上仍不如樹大夫的醫道高明，所以仍由樹大夫診治下方，他們才按照吩咐動手服侍、對症下藥。

這三人有名字，也有外號；但名字和綽號，都容易混雜在一起。

事實上，他們的外形也都差不了多少，也容易讓人羼雜在一起，分辨不出來，到底誰是誰。

他們是：

「起死回生」蘇鐵標。

「起回生死」蘇雄標。

「死起生回」蘇鐵梁。

三個這樣的名字，這樣的人，卻是很難記。

但他們的本領，卻是誰都忘不了：

只要有他們三人在，在穴位上施針炙，於要穴上加以按摩，開方子下藥煎服，只要你還有一口氣在，只怕你想死都死不了了。

◇◇◇◇◇◇

他們一直都在蘇夢枕身畔服侍。

而且他們都姓蘇。

所以這已不是門徒。

也不只是弟子。

而是心腹。

——可以推心置腹的心腹。

◇◇◇

白愁飛進入了第七層塔，見到兩個大櫃子，一張桌子，桌上還有一面銅鏡，還有一張垂著床單不見底的大床。

——好像少了一樣頗爲熟悉的事物，但是什麼東西，卻一時想不起。

人都集中在床上、床邊。

床邊的是「三蘇」：蘇鐵樑、蘇雄標和蘇鐵標。

床上的當然就是蘇夢枕。

這層塔裡的事物，都很簡單，只有極需切的東西，才會擺在他平時辦事的地方。

這完全合乎蘇夢枕的個性。

也合乎白愁飛的揣想。

◇◇◇◇◇◇

他揣想就在這個地方動手。

殺蘇！

◇◇◇◇◇◇

白愁飛上來之前，本來準備了很多話，可是都沒有說出來。

因爲兩人一見面、一朝相，蘇夢枕鬼火似的雙眼像寒冰一般的逗在他高而挺而尖而鉤的鼻樑上，幽幽的問了這樣一句：

「你是來殺我的，是不是？」

了。

單憑這一句，白愁飛就知道自己再假裝下去，也是沒有用的了，更沒有必要對方洞透世情的雙目，已洞悉一切，甚至包括生死榮辱。

所以他反問：「你知道些什麼？你是如何知道的呢？」

蘇夢枕依然沒有從榻上起來，只說：「因爲你呼吸。」

白愁飛心下一凜，卻說：「人人自是要呼吸，沒有呼吸才異常。」

蘇夢枕道：「你深呼吸。」

白愁飛道：「我只呼吸，沒有說話。」

蘇夢枕：「但呼吸就是另一種語言。呼息得快是激動，呼吸緩慢是沉著。你的性情我熟悉，你深呼吸的時候，便是爲了要壓抑緊張。你絕少這般緊張，這次這般緊張，當然爲了要殺我。」

白愁飛反而笑了：「看來，做兄弟久了，什麼習性，都逃不過對方眼裡。說實在的，殺你這樣的人，想不緊張都難矣。」

蘇夢枕道：「能讓你緊張，確也不容易。」

白愁飛：「知己知彼，雖然未必就百戰百勝，但至少可以估量敵情，利於判斷。你知道我心裡緊張的同時，我也深知你暗裡也緊張得很。」

蘇夢枕：「哦？我好像還未下榻呢！」

白：「說不定那是因爲你根本已下不了床了。你說太多話了，你一緊張，就會不停的說話。能讓現在的金風細雨樓主蘇夢枕蘇公子也緊張起來，說來我真榮幸。」

蘇：「我們彼此之間，都太熟悉對方了，所以真是最好的和最壞的敵人。這金風細雨樓主的名義，只怕很快就是你的了，我只沒想到你是這般的等不及。」

白：「我是等不及了，你總是病不死的，所以我斫掉了你的樹。」

蘇夢枕沉吟了一下：「君子不奪人所好。」

白愁飛昂然道：「我不是君子。在這時代，當君子，如同自尋死路。君子多給小人所害，我喜歡害人，不許人害我，所以立志要當小人。」

蘇又沉默了一下，眼睛似有點發紅，道：「如果我現在退下來，把位子讓給你，你怎麼看？」

白愁飛坦然道：「這樣最好。省我的事。」

蘇夢枕笑道：「你會不殺我？」

白愁飛道：「我可以不殺你嗎？」

蘇道：「你已圖窮匕現，不見血不出人命是決不收手，也收不了手。」

白道：「你頑抗也是死。我上得來『象牙塔』，從這兒扔下去的，不是你的屍身就是我的骸首。」

蘇：「我病了。」

白：「我知道。」

蘇：「你勝亦不武。」

白：「所以我才動手。」

「本是同根生，相煎何太急？」

「我跟你不是同根生的。我跟你結義，你利用我的才幹武功，我則利用你的實力名氣。我們只是互相利用。現在你的利用價値沒有了。」

蘇苦笑：「你現在另有靠山了，爲向新主表忠心，你就要除掉我？」

白冷笑：「這是江湖規矩，你是幫會老大，沒有理由會不知道的。少年子弟江湖死，這是我們闖天下、走江湖的規則，也是一定要付出的代價。」

蘇夢枕的眼白確是有點紅，也有紅點，像斑斑的血淚烙在那兒，「你就不能看在過往的情份上，放我一馬？」

白愁飛斷然道：「不能。」

蘇夢枕眼都紅了：「你就那麼恨我？」

白愁飛臉色刹白：「因爲我一直要聽你的命令。我聽了五年的命令，我現在要取回代價：那就是要你的命。」

蘇夢枕：「我現在只剩下半條命了。」

白愁飛：「蘇夢枕半條命，勝得過八百條好漢拚命。」

蘇道：「原來你一直都不服我。」

白道：「不，我服你。」

蘇臉色發白，苦澀一笑：「這，就是你服我的舉措？」

白：「就是我不止服你，還佩服你，所以我以你爲模範，心中矢志，有朝一日，我要當你。」

蘇：「所以你才要殺我？」

白：「你活著的一日，我就不能完全取代你。」

蘇：「別忘了我一直以來，都悉心扶植你。」

白嘆了一口氣，道：「聰明人在此時此境是不說這句話的。」

蘇：「如果我是聰明人，我就不會養虎爲患。」

白：「你培植我，一方面因爲我是人材，同時，你手上已沒有別的人才可比得上我。王小石偏又犯了事，逃亡去了。」

蘇：「是你迫走他的。」

白居然點頭：「是我誣他：你下令要殺諸葛先生的。」

蘇：「結果他卻殺了傅宗書。」

白：「他還是沒有相信我的話；或者，他沒聽你的命令。」

蘇：「你爲什麼要這樣做？」

白：「因爲我要孤立你。」

蘇：「你趕走了小石，才可以獨攬大權。」

白：「還沒有。至少，你還未死。」

蘇：「你就不能饒我一死？」

白：「你這句話剛才已問過了，我也答覆過了。」

蘇：「我可有什麼地方不配當樓主的？」

白：「沒有。但就是因爲沒有，像你這種人，一定得人心，一定有雄心，一定不甘屈於人後，非除不可。」

蘇：「那我可有對不起你之處？」

白：「有。至少，你當眾罵過我。」

蘇：「……那幾次，我是爲了你好。」

白：「可是世人只記得人欠他的，不記得人教他的，老大罵老二是幫他成材，可是老二要殺老大，就是因爲他曾被認爲不成材。」

蘇：「你這麼說，我就沒話說了。我想，我是應了機。」

白：「什麼應機？」

蘇：「我早已算出明年有一劫，但以爲那是明年的事，至少還有一段時間可以苟存。沒料的是，今天是冬至，已開始走來年的運。術數命理有這一說：極好運和極壞運會先來一百天，這沒料到劫機就已到眼前，我可應了這一劫數了！」

十　搞機

白愁飛沉吟了半晌才道：「知道我爲什麼絕不放過你的原因？」

蘇夢枕慘然道：「願聞其詳。」

白愁飛目光閃爍著比劍鋒還銳利的光芒：「那是你教我的。那次你約戰『六分半堂』雷損雷總堂主的時候，雷損一味謙卑求和，拖宕延期，你卻鐵石心腸，咄咄迫人。那時候，他就曾請你高抬貴手，但你始終心狠手辣。那是你教我們的：雷損這種梟雄，豈會罵不還口、打不還手？要是他一味隱忍，所謀必大，志在援兵，一旦情勢對他有利時，必然反撲，那時可就必定殺手無情、趕盡殺絕的了。」

蘇夢枕紅著眼圈，雙目吞吐著綠火，喃喃道：「你果然記得很淸楚。」

「機會是搞出來的。」白愁飛道：「搞出來的機會就像果汁加蛋，你要是不一口喝了，就會變酸變壞，敢不成給人搶去喝了。我好不容易才苦心製造出足以推翻你的時機，我不殺你，難道還要等他日你恢復元氣時再來殺我？我可不想搞砸了我的機會。」

蘇夢枕很同意的道：「你果是個很懂得把握時機的人。」

白愁飛道：「我不會放過大好時機，當然也不會放過你了。就因為我是你的兄弟，我才不願看你給病魔折磨下去，才不願見你死後金風細雨樓從此一蹶不振。我趁你風華未盡時殺了你，成全你死得光采。一直以來，你都對王小石好些，對我差些，我還沒跟你計較呢。讓你戰死，是看得起你。你應該感謝我顧全義氣才是。」

蘇夢枕又恢復了他的冷漠、倨傲、孤僻乃至不可一世的神態。

「我要你放過我，只不過是不死心，想再試一試你。既然已再無周轉餘地，我也可以死了這條心了。你說的話，讓我越發證實了：我信任小石頭是對的，懷疑你是應該的。」蘇夢枕雙目的寒火，將熄未熄，欲滅未滅，有一種說不出來的倦乏；他一面嗆咳著，一面說話，還一面喘著氣，但他在上氣不接下氣間仍清晰的傳達了他要說的話：

「真正的友情是沒有親疏之分的。難道有人斫了你一隻尾指，你會因為他沒有砍掉你的食指而感謝他嗎？迫害就是迫害，朋友就是朋友，終究還是分得清的。是出賣的便遲早都會出賣你，是真正的兄弟，便永遠會是兄弟。」

白愁飛聽了之後，沉默下來。

然後他深思熟慮地道：「對不起，我要殺你了，我恐怕再不殺你，就變成你來殺我，或者，我已不忍心殺你了。」

蘇夢枕緩緩的闔起了雙目。這一剎間，維持他生命體力的寒火，竟似熄去了。但這只不過是一剎間的事。一剎之後，他雙眼又徐徐的睜了開來，那在幽冥沼澤深埋不滅的兩盞寒火，猶在那兒，沁寒帶青，周邊暗紅。

「時候來了逃不掉，你動手吧。樹已斫了，樓也佔了，只差個死人，你就大功告成了。」

白愁飛很仔細地觀察整層塔，然後更非常仔細的望著蘇夢枕，十分極之仔細的問：「你還要放手一搏？」

蘇夢枕用手按住如風箱般抽動的胸口，慘笑道：「你知道我的性子。我不習慣坐以待斃，更不喜歡等死。」

白愁飛詫問：「你還能打嗎？還是只虛張聲勢？」

蘇夢枕雙肩一震。

白愁飛又好奇的問：「你這些天來服樹大夫的藥，沒有什麼感覺的嗎？」

蘇夢枕臉色刹白，厲聲道：「你把樹大夫怎麼了？」

白愁飛聳了聳：「你真的要我回答你的問題嗎？」

蘇夢枕霍然瞪向蘇鐵樑，厲聲叱問：「是你負責煎服我的藥的！」

蘇鐵樑慢慢的抬起了頭。

他的頭很凸。

下巴很兜。

很白很白。

這是他比較特出的地方。其他的，都跟他兩位胞兄弟沒什麼分別。

他的回答卻非常兇狠：「就是我負責替你煎藥的，所以我才不甘替你煎一輩子的藥！我又不是藥罐子，更不是你的藥僮子！」

蘇夢枕倒吸了一口氣。

他開始感覺到他體內的異常了；

蘇鐵樑有足夠的經驗和專業的能力，使他服了毒中有毒而不自知。

「你在藥裡下了什麼東西？」

蘇鐵樑的回答十分平靜，眼神卻十分兇狠：「『十三點』和『鶴頂藍』。」

蘇夢枕心裡往下沉。

沉到底。

桌上有鏡。

他袖子一捲，像長鯨吸水一般把銅鏡攫到眼前來。

他第一個反應，竟然是照鏡子！

——難道在此時此境，蘇夢枕依然愛美？大敵當前，還要顧盼自豪；死到臨頭，還要整頓衣冠不成！

鏡中人，無限憔悴，一副給病魔多年折磨、煎熬、一息尚存、死去活來的樣子。

就像一縷幽魂。

——但仍不改其冷、不改其傲、不改其不怒而威且使人不寒而慄的神容！

只不過，他的眼裡除了寒火之外，還有紅點。

一、二、三、四、五……

一共十一點！

◇◇◇◇◇

他好久沒照鏡子了！
因爲他不敢再看到自己的樣子！
沒想到，這一照，卻照出了自己眼裡的紅點！
——給病火燒壞了燒毀了燒焦了的容顏，那是想當然耳的事。
要命的不是這個。
而是眼！
——眼裡的紅點！

◇◇◇◇◇

另外他又發現了一件可怕——不，可怖——簡直可畏的事。

他好久沒剃鬍髭了。

下頷長出了不少如戟短髭。

短髭的連皮肉的根部，給陽光和鏡光一映，竟是帶點藍色的！

——汪汪的藍色，就似是一支支淬了毒的暗器！

十一　墮機

他本來還有一戰的機會。

但蘇鐵樑下的毒是：「十三點。」

這是「詭麗八尺門」的一種劇毒。

中毒的人，眼裡會出現紅點。紅點愈多，戰鬥力會漸消失。等到十三道紅點出齊之後，便會全身虛脫，任人宰割。

這種藥幾乎無藥可救。唯內力高深者，可在一、兩個時辰後逼出毒力。

——可是對付像白愁飛這樣的大敵，半頃間的軟弱，已足夠死上三萬八千次了！

◇◇◇

他本來還有一線生機。

可是蘇鐵樑下了另一種毒：「鶴頂藍。」

——「鶴頂紅」已是劇毒中的劇毒，這「鶴頂藍」更是劇毒裡的至毒。

著了這種毒的人，唯一的特徵，就是毛髮的根部略為呈現藍色。要命的藍。

這原是一種解藥，據說可解任何傷毒頑疾，不過，吃了這種「解藥」的人，肌骨自動撕裂，體無完膚而死。

天下第一用毒名家，「老字號」溫家中的「活字號」（專門從事解毒的部門）及「小字號」（專門研製毒藥的部門）為了把這種藥性好好的控制（成為解毒靈藥或致命劇毒），已足足犧牲了十二名好手，這之後，由溫氏掌門人親自下令：「別管這種藥了。」

——但是這種連溫家都「不要管了」的藥，卻已吃進蘇夢枕的肚子裡。

◇◇◇

蘇夢枕本來還有一拚的機會。

但現在……

他怒叱：「你們——」

忽然他發現，其他兩人（蘇鐵標與蘇雄標）都已是個死人。

——才不過是頃刻間的事：剛才兩人還活得好好的。是蘇鐵樑幹的！

他左手用針刺進了蘇鐵標的死穴，右手以鶴鑿叩住了蘇雄標的要穴。兩人都同在一剎間死了。

——死前一定都中了毒，否則，以他們兩人的功力，還不是蘇鐵樑驟施暗算便可以解決的。

所以他的叱喝更怒，但已改爲：「你——你連自己親兄弟都敢殺!?」

他隨即發現自己這一句已然多問了。

——人都已經殺了，還有什麼敢不敢的。

真正的高手，在對敵之際，是不多說一句廢話，也不多耗費任何一分力氣，更不會問些無聊的問題。

所以他即時把問題改了。

改成兩個字。

「理由？」

人命關天。

對於這些江湖上的亡命之徒而言，殺人雖不能算是新鮮事兒，但無論怎麼說，殺人都總有理由。

——不管一個或數個、合理或不合理，都總有理由。

更何況是殺死自己的同胞兄弟！

所以蘇夢枕只問兩個字：

——理由。

人已死了。

人死不能復活。

但他要知道理由。

——有理由的，他或許可以接受；沒道理的，他就會爲他的兄弟手下報仇。

就像那一次，他和他的部屬在苦水舖中伏，沃夫子和茶花護主慘死，他負傷仍奔戰破板門，斬下了花無錯的頭顱以祭亡友，才肯鳴金收兵，退回金風細雨樓。

那一役，白愁飛也在場。

也在那一戰，白愁飛看透了蘇夢枕的缺點：

他的缺點很要命。

因爲他從來都不懷疑自己的兄弟！

一個從來都不懷疑自己兄弟的人，很容易會得到很多擁護他的兄弟及手下，但更容易的是：給兄弟和下屬累死。

或者害死。

◇◇◇

「理由？」蘇鐵樑狠狠的道：「因爲他們太像我。三個一模一樣，誰好誰壞誰高低，誰也不知。我不要這樣混混噩噩地活下去。」

他居然咧嘴笑了開來：「相師都說，像我這種突額兜頷、五嶽朝中的怪相，走運起來可以當上帝王。白二爺說，要是他有一天當上樓主，他會任命我作『五方神煞』中的蘇西神。我可不要一輩子窩在這兒當個煎藥的奴僕！」

蘇夢枕長嘆道：「你跟我這些年來，我居然沒發現你是那麼一個爲了表現突出和一點點權力就那麼喪心病狂的人。」

蘇鐵樑的笑容裡也透露出一種藥味來：「那是因爲連你也不完全分得清楚誰是

誰。你有時以為那是雄標幹的劣行，有時以為是鐵標做的糗事，所以給我瞞過去了。」

白愁飛接道：「我若沒有他，還真不敢貿然發動。樹大夫說你病重得已不能動手，我就越發懷疑：他是不是誑我向你動手，自尋死路？幸而有他，才能求證。」

蘇鐵梁道：「我是幫他煎藥的，他的病情我自然知道。他是病入膏肓了。可是，只要在格鬥的時候，他還是能運聚功力、全力一擊的。」

白愁飛道：「所以你才給他吃了『十三點』。」

蘇鐵梁道：「現在『十三點』至少已發作了十一點，他的餘力已少得可憐。」

白愁飛：「你還給他服食『鶴頂藍』。」

蘇鐵梁：「我毒得他連頭髮都藍了。」

於是白愁飛正色問蘇夢枕：「到這時候，你還有力量反擊，我才服了你！」

蘇夢枕的心往下沉，而且往下翻跌，所有的生機，都已粉碎墮落，原有的機會，也一一墮落枯萎。

到這時候，他卻還是（帶著慘淡的微笑）反問了一句：

「你不是一向都很佩服我的嗎？光是為了不讓你失望，我也得盡一切力量來反擊。」

話一說完，反擊，即刻發生！

十二　墜機

砰、砰二聲，兩個大櫃子，一起震碎。

兩人飛身而出！

一個高大威猛，滿頭銀髮，根根豎起如戟。

他用的是戟。

丈八長戟，純鋼打造，但他的鬚髮翡髭，就像發怒的刺蝟一樣，既是暗器，也是利器。

另一個嬌小靈敏。

美得十分英氣的小女孩。

她使的是劍招。

手上卻沒有劍。

——沒有劍的她隨意揮手揚指，卻劍氣破空迸射。

兩人一先一後，撲向白愁飛。

——擒賊先擒王。

發動這場叛亂，禍首顯然就是白愁飛！

威猛老者當然就是刀南神。
他等殺白老二這機會已好久了！
嬌小女子當然便是郭東神。
她等這機會也好久了！
是以，兩人一出現、一出手就是殺手！
兩個蘇夢枕身邊的人！
兩個愛將！
兩個要白愁飛的命的殺手！

不。

是一個。

（要命的確是兩個殺手。

但要白愁飛的命的只一個。

另一個要的是——）

◇◇◇

刀南神突然失去了生命。

因爲有人一劍扎在他背後。

而且穿心而出。

他狂吼。

倒了下去。

他由胸至背裂開了一個大洞。

——這樣一個大血洞，使這個本來充滿剛猛生命力的老人，突然間，失去了剛失去了猛，也沒有了生沒有了命，更缺少了活下去的力量。

蘇夢枕見過這個場面。

他親眼看見他最後的希望和機會：刀南神和郭東神，一先一後（自是刀南神在前）撲出，然後，郭東神就像她當年刺殺雷損一般，一劍刺入刀南神的背門上。

蘇夢枕已來不及阻止。

他也沒有能力阻止。

他的機會又一次墜落……粉碎。

他的希望又飄散——破滅。

他大可發出暗號，下令手下圍攻白愁飛這一干人。

可是已沒有用。

他能動用多少人，白愁飛也一定能增援更多的人。對方是有備而戰，掙扎只徒增傷亡而已。

這次不止他的心在墜落。

可能是毒力已發作之故吧，他覺得自己也搖搖欲墜。

他用盡氣力的啞聲問：

「妳爲什麼要這麼做？」

這句話雷媚（郭東神）已不是第一次回答。

——上次她刺殺「六分半堂」總堂主雷損時，也同樣回答過這句話。

上次她對雷損的回答是：

「因爲你奪去了我爹的一切，又奪走了我的一切，我原是六分半堂的繼承人，現在只做了你見不得光的情婦，你待我再好也補償不了，自從你拿了原屬於我的一切後，我便立誓要對付你了。何況，我一早已加入金風細雨樓。」

這回答案當然不一樣：

「我爹之所以會遭雷損的暗算，是因爲他要集中全力對付你。他死前的大憾，便是沒能消滅金風細雨樓姓蘇的一脈，我殺了雷老總，當然也不能放過蘇公子。我本來就是『六分半堂』的承繼人。所以，我在『金風細雨樓』至少也該當是個副樓主，而白樓主答應過我，一旦殺了你，就對付『六分半堂』。只要收拾了狄飛驚，會由我接管『六分半堂』。」

她揚揚眉皓笑道：「雖然多了些轉折，到頭來，我仍是『六分半堂』總堂主。我還年輕，這條路還不算太漫長。」

她真是個愛揚眉的女子。

一面說話一面揚眉。

小小的表情很得意。

十三　接機

「妳確是個很可怕的女子；」蘇夢枕喘息道，「但妳確有復仇殺人的理由。」

「其實你對我已算很好，我沒有什麼殺你的理由，我頂多只不過是背叛你而已。」郭東神的語音也很有感情，甚至眼裡也有淚光，「這大塊頭老不死卻一直瞧不起我，恥與我平起平坐，我殺他倒是理所當然。」

「好個理所當然；」蘇夢枕不住的喘息，臉色已漸漸變灰轉藍，「現在我只問妳一句話。」

「你問，」雷媚爽落地道，「我答。」

「一旦你們真的能打垮『六分半堂』，」蘇夢枕揪搓著自己胸前的衣襟道，「妳真的以爲白老二會給個總堂主妳幹！？」

雷媚笑了。

銀鈴般的笑了起來。

「如果我是他的妻子，也就是『金風細雨樓』的樓主夫人，你說他會不會找一個他絕對信任的人來當『六分半堂』的主管？」雷媚笑倚著白愁飛的右臂，「何況，我一早已是他的小妻子了。」

蘇夢枕呻吟了一聲。

——這一聲呻吟，也不知是呻出了同意，還是吟出了反對之意。

但這呻吟已充滿了痛苦之情。

然後他艱苦的說：「這劫機已至，我唯有接機吧……」

他的臉孔已因痛苦與痛楚而扭曲。

五官在抽搐。

但他的眼神依然很寒冷。

帶點傲慢，傲慢的堅毅。

就算在這時際，白愁飛已大獲全勝、生死在握，看到他的眼神，也不免在心裡打了一個突。

「你今日如此叛我，他日也必有人這般叛你；」蘇夢枕對他說，「我若活著，總有一天會收拾你；若我死了，也一定會有人收拾你的。」

話一說完，蘇夢枕就在床上一躺。

——難道他已知絕無生路，只好躺下來等死？

不。

他一躺下，床板就疾塌了下去。

床一陷，本來蘇夢枕也正可往下落去。

但在這要緊關頭，控制床板翻轉的機括卻偏偏卡住了。

那床板也變得既未翻、也不塌、只半斜半平的翹著。

蘇鐵樑卻拍手怪笑道：「白樓主早知你遁走這一招……早教我先把機關卡住了。」

他高興得顯然太早。

蘇夢枕忽然拏起了他的枕頭。

白愁飛臉色大變。

他怕的就是這個枕頭。

——這些年來，他唯一沒摸清楚的就是這隻常年都在蘇夢枕懷裡的枕頭。

蘇夢枕卻把枕頭往床頭一放。

床頭正好有個深下去的枕印。

當枕頭與枕印疊合在一起之後，蘇夢枕再把枕頭用力一扭。

「軋」的一聲，另一道機關即時開動了。

床即時塌下去。

全然翻場。

白愁飛再也顧不了那麼多了，他大叱一聲道：

「截住他——！」

——若是給蘇夢枕逃了，可是前功盡廢了！

一定要截住他。

毋論生死。

◇◇◇

他自己就第一個掠到床邊來。

最震訝的不是白愁飛。

而是蘇鐵樑。

因爲連他也不知道蘇夢枕的床，還有第二道開啓的機關。

儘管多年來他一直在蘇夢枕身邊服侍。

他疾撲過去。

——若讓蘇夢枕還能活下去，他可就一定活不下去了。

兩人一到床邊，蘇夢枕已往下掉落；白愁飛和蘇鐵樑同時都要阻止，卻在那時，那枕頭卻突然射出千百道暗器。

炸開，像煙花。

密集，如雨。

每一種暗器都不同。

有粗大有細短，有時粗大的反而更難防，細短的卻更具殺傷力。

每一種暗器都可怕。

且都淬毒。

劇毒。

每一種暗器發放的方式都不同。

有的旋轉，有的直飛，有的曲射，有的互撞，有的咬噬，有的時起時伏，有的甚至先穿撞破屋頂，才再散落下來……

就像千百名暗器好手各自打出他們的獨門暗器。

可是這都只是從一個砸破了的枕頭所一併發出來的。

這一時間，連白愁飛也接不下來。

接不了。

◇◇◇

而蘇夢枕就在白愁飛也一下子接不下來——一個千載難逢的好時機裡，翻身落了下去！

十四　送機

著了！

白愁飛猝遇蘇夢枕反擊！

他馬上湧昇而起的感覺是：

又驚又喜！

——他一切已佈署妥當，在捕殺這頭老獅之前，他已不知費了多少心機、付出多少代價、花掉多少時間了！

蘇夢枕是個心機深沉的人。

他傲慢而謹慎。

——這些年來，他身罹重病，無法視事，不得不倚重自己的才幹，到後來，王小石逃亡離京，只剩下自己獨撐大局，取而代之的聲勢已愈來愈明顯了。

像蘇夢枕這種人，不在心裡防範才怪呢！

他敢於全面發動，完全是因爲一句話。

蘇夢枕自己說的一句話：

「我從來都不懷疑自己的兄弟。」

衝著這句話，蘇夢枕縱有防患，也未必知道「患」在哪裡，更難作徹底提防。

——這種人往往能成大事，都因爲朋友；但遭慘敗，也是爲了朋友。

白愁飛親眼看過蘇夢枕遭受他部下的暗算！

那是他和王小石初遇蘇夢枕的那一次：

雨中，苦水舖！

暗算蘇夢枕的是古董和花無錯。

——連花無錯和古董這樣的人，都能成功的幾乎也足以致命的暗算了蘇夢枕，

白愁飛更相信自己一定會成功。

因爲蘇夢枕有弱點。

他也看準了蘇夢枕的弱點。

那就是太信朋友。

——太相信常常都會得到代價。

——但也要付出相當的代價。

所以白愁飛一向最相信的，還是自己。

他雖然信自己，但也絕不低估了蘇夢枕。

——一頭垂垂老矣的獅子，畢竟仍是萬獸之王，仍有利爪和厲齒！

他知道就算他佈署如此周密絕毒，但蘇夢枕或許仍能作出反擊！

那當然是瀕死的反擊！

他只要接得下這一擊，就可以把這頭獅子拔牙切爪、大卸八塊、任他魚肉、爲所欲爲了。

——夕陽餘暉，再燦亮也不能久持。

——迴光返照，再清明又能有幾個剎那？

瀕死一擊，只要吃得下來罩得住，不予對方「玉石俱焚、兩敗俱傷」的機會，那對方就只有死定了。

他可不予對方有可趁之機。

他更不會把機會送走。

送機容易得機難。

——大好時機，他從不放過。

蘇夢枕一旦打出那枕頭裡的暗器，他心裡即喝了一聲采：

果然給他猜著了！

——這頭老獅畢竟仍然非同小可，不可小覷！

是以，他驚的是蘇夢枕這般凌厲的反擊（要是蘇夢枕不反擊，他反而覺得失望、無趣），但喜的是蘇夢枕果然反擊（而且那床底下果還有機關——「最後一條路」）！

他就是要對方走這條路！

他覺得蘇老大畢竟老了！

武林中一直有這樣一個令人驚心動魄的傳說：當年某大幫會的頭子「老伯」，終於給自己最信寵的部下精心計算下重傷於榻上，那部屬正得意於自己計成之際，「老伯」卻自床上翻身落入地下通道，那兒早佈署了數十年忠心耿耿的手下等著「老伯」有這一天，他們不惜犧牲性命來救他、護他，「老伯」得逃大限，養精蓄銳，日後終報大仇。

大家都知道這動人也惕人的故事。

白愁飛聽過。

蘇夢枕自然也知道。

但他卻仍然用上了這一招。

——這不是「老化」是什麼!?

一個真正的大宗師，必定有自己的風格。

會走自己的路。

搭自己的橋，走出自己的方式，創出自己的手法和意念。

——一味因襲他人的人，不但不成器局，而且來龍去脈，全教人心裡有數！

白愁飛此際就是心裡有數！

他等著蘇夢枕走這一步！

蘇夢枕果然走這一步！

——他算定了！

——蘇夢枕也死定了！

◇◇◇

且不管蘇夢枕將會如何，白愁飛自己可得先過眼下這一關。

蘇夢枕擲出來的枕，激射出來的可不是夢，而是死亡！

這小枕長年不離蘇夢枕身邊，這一下可真是他臨死之一搏。

白愁飛一看暗器的來勢，立即肯定和決定了兩件事：

肯定的是，他所習和所擅的一切指法和武功，都無法使他得以安然避過這一連串不能接也不可接的暗器。

這些暗器肯定不能避，就算能避，也只能避得了一支，避不了第二支、第三支、第四支……

這種暗器也不能擋，擋得了一枚，也擋不了十枚、百枚、千枚……

決定的是：他要用上「那一種指法」和犧牲掉一個人了——

眼前，正好有一人是可以犧牲的。

這人也正好在他跟前。

蘇鐵樑。

◇◇◇

要佈署這一次伏襲，白愁飛無疑是費盡了心機。

其中最重要也最費煞周章的是兩個人：

兩個關鍵性的人物——

郭東神和蘇鐵樑！

◇◇◇◇◇◇

兩個都是麻煩人物。

——但兩個也都是極為有用的人。

通常，有才幹的人都難免自恃，自恃的人通常都有脾氣，有脾氣的人自然比較麻煩，所以，麻煩人物往往也就是有利用價值的人。

也就是說，越有利用價值的人，可能就越麻煩；越麻煩的人，就越難利用。

世事往往就是那麼一回事。

十五　投機

要打動郭東神，確是件難事。

她很聰敏。

聰敏就是聰明之外還加上了敏感。

他曾很技巧的「打探」過郭東神的「意思」。

郭東神卻很嫵媚地說：「我已背叛過人兩次，你要我第三次造反不成？」

白愁飛只知道她曾陣前倒戈，身爲雷家「六分半堂」堂主之一的雷媚，竟在「金風細雨樓」殲滅戰裡，亮出「郭東神」的身份，狙殺總堂主雷損，以致「六分半堂」在是役一敗塗地，改變了原本在京城裡「六分半堂」與「金風細雨樓」本可雙峰對峙、分庭抗禮的均衡局面。

——那一次叛變，可謂「事出有因，師出有名」。

因爲雷損害死了雷媚的父親雷震雷，又迫娶她爲妾，所以她當然要忍辱偷生、伺機復仇了。

因而白愁飛當時說：「妳背叛雷損是爲了報仇。」

雷媚道：「我第一次叛變是對我爹爹。」她說到這裡，略頓了一頓，似想說又不願說下去。

當時白愁飛還沒來到京城，自是很用心的聽她說下去。

雷媚也終於把話說了下去：「那時候爹爹極信重雷陣雨，要把我許配給他，但我嫌他年紀太大，便聽信了雷損的話，激他與『迷天七聖』惡鬥。結果，雷損勾結了『迷天七聖』的人，伏襲雷陣雨，把他迫成了廢人，並且出了家；直至後來他因遇上了天衣居士，功力才恢復了一半。然而雷損趁那一戰下手炸傷了關七的腦部，把他弄成了個白痴，又花言巧語騙娶了關七的胞妹關昭弟為妻，聯手把我爹爹迫害，之後又把過錯都推給關昭弟。我幫他對付關昭弟，為爹報仇，結果把關昭弟弄得生不如死，下落不明，雷損一轉面又對我下了迷藥，要了我的身子，我就成了他見不得光的情婦。」

雷媚說到這兒，冷笑一下又道：「雷損也沒比雷陣雨年輕幾歲！如果我不是假裝遭雷損所擒，爹爹雖年近古稀，若施全力，未必不能制伏雷損和關昭弟，但就是為了我的安危，他放棄了抵抗。我第一次叛逆，換得來喪父受辱的下場。第二次叛變，我幫蘇公子殺了雷損，不但使我死了個丈夫，六分半堂上上下下的人也視我為巨讎。要我再造反？算了，我怕了，敬謝不敏了。」

白愁飛無論用什麼法子，想誆她加入，她總是不肯。

白愁飛怕打草驚蛇：既不是友，便是敵人。於是有意殺她滅口。

但也殺不到。

郭東神很聰敏。

聰明得似完全知道他在想什麼，敏感得從不踏入白愁飛所佈的任何埋伏和陷阱中。

白愁飛當然視之爲眼中釘。

有一次，他只好跟郭東神相約：「妳不幫我一臂，也萬勿告發，否則，我第一個先取妳性命。」

雷媚也表了態：「蘇夢枕跟我非親非故，就只是爲了殺雷損報仇才入金風細雨樓。我犯不著向他告密，不過也沒意思要幫你害他。」

這一番話，雖仍是拒絕相助，但卻仍教白愁飛聽出了端倪。

白愁飛善於投機。

第二天，他就改變了「戰略」。

他對雷媚（郭東神）很好。

他重用她。

他向蘇夢枕一再推薦郭東神的功績，蘇夢枕果然獎賞了郭東神，但白愁飛一早已使郭東神心裡明白：是他薦舉她的。

他愛護她。

易獲功的事，交由她幹。太危險的事，他保住她，他知道她的性情，充滿挑戰的任務，他總不會忘了她；但在她孤立無援的時候，他又與她並肩作戰。

他還追求她。

雷媚很快就知道了。

她明白了白愁飛的心意。

她對白愁飛仍若即若離——既沒完全答允，也不峻然拒絕，亦不把消息洩露予蘇夢枕。

白愁飛這樣做，便是要郭東神就算不相幫自己，也不要阻礙他對付蘇夢枕，而且，他也顯示自己絕對要比蘇夢枕更重用郭東神。

時機已漸漸成熟。

隨著蘇夢枕的病情日益嚴重，郭東神也看得出來：白愁飛將要動手了。

郭東神年紀雖然輕，但她自幼生長在「迷天七聖」、「六分半堂」、「金風細雨樓」互鬥相爭的大時局裡，自然生成了一種洞悉先機、觀情察勢的本領。

她覺得自己是到了表態的時候了。

——再不表示態度，他日，白愁飛一旦得手，會記恨在心，自己的地位可不保了。再說，以白愁飛的爲人，爲了審慎起見，包不準會在動手之前先對自己殺人滅口的。

——要是白愁飛計不得逞，薑還是老的辣，由蘇夢枕平亂敉叛，那麼，自己不左不右，也不見得就能保太平無事，說不定一樣會變成了整肅的對象。

所以，她必須要「投靠」一邊。

就像賭博，想贏，就得要押上賭注。

要勝利，就得要冒險。

下的注愈大，勝面就愈高。

冒的風險也就愈大，投機的代價也愈高。

她是個聰明的女子，她覺得蘇夢枕氣數就算未到盡竭，也十分枯槁。

所以她對白愁飛說：「你對我是啥意思？」

白愁飛直認不諱：「我對妳有意思已經很久了。」

「你想要我對你好。」雷媚開出條件，「首先我不想再見到你身邊有任何女朋友。」

她不想把話說得太決絕：「因為我當過人家見不得天日的情婦，我不想再錯一次。」

白愁飛馬上答應了她。

於是他身邊的「情婦」和「女友」，全都一併「消失了」。

願意「消失」的自然會自然而然的消失。

要白愁飛付出代價的，也在得到一定的代價之後，乖乖地「消失了」。

不肯也不願意消失的，到頭來仍然是「消失了」。

——這「消失」當然是用了另一種方法。

像白愁飛那麼位高望重權大力強的人，他自然有很多方法使人「消失」。

這並不難。

甚至可以做到並不使人覺得不尋常。

白愁飛身邊的「女友」一個個「消失」的時候，雷媚也慢慢和他多親近一些。

她甚至直接問白愁飛：「你對我好，是不是要我幫你除掉蘇公子？」

白愁飛的說法也很有力：「主要是因為我喜歡妳，要不然，妳不幫我我也可以對付得了蘇夢枕，再說，我何不殺了妳？如此更能安枕無憂。再說，蘇夢枕已病得快要死了，妳還幫著他，不見得會有好下場。」

雷媚道：「我幫你成就了你的大業，我可有什麼好處？」

白愁飛道：「我的大業就是妳的大業。哪有娘子不幫郎君的！」

雷媚動容道：「你要娶我爲妻？」

白愁飛點點頭，還說：「妳第一次造反，便改變了京裡：『六分半堂』、『金風細雨樓』、『迷天七聖』鼎足而立、三分天下的局面。第二次造反，又改變了城中：『金風細雨樓』和『六分半堂』平分秋色、兩雄爭霸的局勢。這一次，只有妳，才可以扭轉乾坤，而且是爲自己再創新局。試想，我若把持了金風細雨樓，結合了乾爹的勢力，當真是要風得風、要雨得雨，遲早一統江湖、獨霸天下，什麼『迷天七聖盟』、『六分半堂』，遲早都只有向我們俯首稱臣的份！」

雷媚這回不止動容，也真的動了心：「你說：我們？」

白愁飛滿懷信心的道：「妳和我在一起，當然是我們：我和妳兩人！」

雷媚在這時候，只問了一句：「如果你接掌了『金風細雨樓』，也打了『六分半堂』，你可不可以把『六分半堂』撥給我管？」

白愁飛爽快的答：「可以。我還唯恐妳不管事哩。」

他心裡想：雷媚畢竟仍是念舊，她還是要取回當日她出身之所在的大權，以「光宗耀祖」吧？

白愁飛就這樣答應下來。
雷媚也一樣答應下來了：
她幫白愁飛，除去蘇夢枕！

◇◇◇

她一旦答允，另一個必爭的人選就好辦多了。
那是蘇鐵樑！
沒有蘇氏三雄的協助，白愁飛無法對蘇夢枕下毒。
他和她都看準了「蘇氏三兄弟」中的蘇鐵樑。
因爲蘇鐵樑有明顯的弱點：
一、他愛權。
二、他好色。
三、他要表現出色。
在這三大欲求的基礎上，蘇鐵樑還有一個性格上最根本的缺失：
他不自量。

——所以他是最易打動的。

因爲他比他的兩個兄弟都容易打動，也容易解決得多了。

◇◇◇

白愁飛使雷媚去打動蘇鐵樑。

蘇鐵樑本來就極垂涎雷媚的美色，所以沒有任何人比雷媚更能恰當有力的打動了蘇鐵樑。

因此，蘇鐵樑已開始了他的美夢。

也是迷夢。

他夢想成爲大人物。

是以，這一日，玉塔內，他一口氣殺了他自己兩名胞兄弟，對一手培植他的蘇公子下了劇毒！

所以，雷媚也趁蘇夢枕最需要強助之際，一出手就殺了刀南神！

然後，這事就反而成了蘇鐵樑現下的噩夢！

十六 爆機

對付蘇夢枕的絕門暗器：「夢枕」，白愁飛先得要找一個「犧牲品」。

那當然就是蘇鐵梁。

——在白愁飛的心目中，任何人、事、物，只要爲了他的野心和欲望，都是可以犧牲的。

他長年遍嘗過不得志的滋味。

他常年深嘗不得意的慘情。

是的，他會不惜代價、不惜犧牲來換取他的得逞。

更何況那只是一個蘇鐵梁！

◇◇◇

白愁飛突然整個人「白」了。

而且萎縮了。

還全身發顫。

這剎那之間，他彷彿從一個得勢非凡的年輕人驟變爲一個年邁震顫不已的小老人！

他就在他臉色翻白、全身萎縮之際，發出了他的指勁。

一種極其詭異的指法。

不是他的絕技：「三指彈天」。

他這次出指之前，他先把右手四指夾藏於左腋下，左手四指亦藏埋於右腋裡。出指之際，手臂和指掌全似沒了骨骼似的，震顫得就像一條給人踩著尾巴猶掙動不已的蛇。

出指之後，白愁飛整個人就像害了一場大病，而且還是受了嚴重的內傷，岔了氣、脫了力一般。

他的指勁未發之前，是作「外縛印」；迸發時，是爲「大金剛輪印」；發出之後，又轉爲「內縛印」。

他的指風不是發向暗器。

（那時暗器已舖天蓋地、蜂擁而至！）

他的指法也不是攻向蘇夢枕。

（那時蘇夢枕已翻身落到機關裡去！）

而是發向蘇鐵樑——

他的背門：

直扣「魄戶」、「神堂」二穴！

◇◇◇

蘇鐵樑乍見蘇夢枕遁入榻下，大驚，他怕放虎歸山，日後自己可連睡都難以安枕了。

他想阻止，但他並不是不畏懼，而是因爲太畏懼蘇夢枕才要出手阻止。

——只要蘇夢枕還能活下去，自己可就一定活不了了。

人類本來就是那種只要爲了自己活下去就算使任何其他的同類或異類死乾死盡死光死絕也在所不惜的動物。

可是他才一動，「夢枕」已擲出、炸開，暗器已迸射、激打而至。

他看到這些暗器，就震住了、怔住了、呆住了。

他在這一刹間，竟一下子想起了四個人：

四個都是了不起的世家中不得了的人物。

——嶺南，老字號，溫家高手，遷居洛陽，另創天下，雄踞一方的「活字號」三大高手之一：溫晚。

——小天山，報地獄寺，主持紅袖神尼，未剃渡前，原姓唐，名見青，是川西蜀中唐門的一名女中豪傑。

——雷滿堂，江南霹靂堂的一流高手，曾任封刀掛劍雷家的代理掌門人。

——妙手班家，「班門第一虎」班搬辦。

這四人都是蘇遮幕的好友，班搬辦卻曾是「金風細雨樓」的副樓主。

他們五人曾聚在一起，歡度好些時光——雖說江南霹靂堂雷家、嶺南老字號溫宅、四川蜀中唐門，三家時合時分，時鬥得你死我活，誰也容不下誰；時好得如漆如膠，誰也不能少了誰，但他們三人，卻因爲跟「金風細雨樓」的蘇遮幕交好，以致可以超脫一切拘束隔礙，大家全無成見、毫無罣礙地相聚在一起。

直至後來，唐見青跟雷震雷的一場戀愛，終告失敗，傷心失意，剃渡出家；溫晚的溫和作風，也不能見容於「老字號」溫家，給外放至洛陽。「金風細雨樓」也跟「六分半堂」衝突愈甚，「六分半堂」當時還不能獨自爲政，仍受霹靂堂縱控，雷滿堂不欲捲入是非圈裡，只好黯然離開京師，與蘇遮幕從此不相往來。至於班搬辦，也因爲「妙手班門」力圖壯大，給召喚回去爲班門效力了。

一時間，好友們均各自星散。

但這些一時俊彥，都曾共同爲蘇遮幕製造了一件「禮物」，送給他留念。

大家都知道，有一件「禮」，但都不知道，這「禮」到底是什麼？

多年來，甚至大家已忘了這些人曾經聚合過、這段友情曾經存在過、這「禮」還在不在「金風細雨樓」裡。

蘇遮幕把自己的唯一兒子交給紅袖神尼去調訓成人，如果沒有極深極厚的交情，又豈會這樣做？

洛陽王溫晚讓他溺愛的女兒溫柔，千里迢迢的來投靠「金風細雨樓」的蘇夢枕，要不是跟他上一代也有過命的交情，豈會放心縱容？

——以這種「交情」，溫晚、班搬辦、雷滿堂、唐見青在最水乳交融、依依不捨之際，所「送」的「禮」，也必定更加「非同小可」的了。

此際，蘇鐵樑乍見這一口枕頭，驚見它的機括、彈簧、暗器、火藥……使他突然想起當年，那幾名精英，曾有過這麼一個「禮」——

——難道真的是這「禮」！？

當他這樣想時，那「禮」已向他「送」了過來。

非但憑他的身手是接不了，就連白愁飛這樣的人物，只怕也接不下來。

總之，在塔裡的人（也都是白愁飛這一邊的人），全都得死。

——死於這一個正在爆炸中的機關下！

「爆機」！

◇◇◇

他料對了！

的確，那正是當年唐、溫、班、雷給蘇的「禮物」。

的確，以他們的武功，確然接不下這個「大禮」！

的確，這是個會爆炸的機關，是蘇夢枕最後也是最可怕的殺手鐧！

只不過，蘇鐵樑有一點卻料錯了！

因爲大家都沒有死。

死的是他自己。

只有他自己。

中了！

白愁飛指勁打在蘇鐵樑背門的兩大要穴上，同時他口中在唸著一種極爲奇特的咒語。

蘇鐵樑整個人突然變了。

他突然膨脹起來。

他變得像一隻巨魔。

一隻追噬暗器的魔鬼！

十七　班機

天下間有的是不同的魔鬼。

——有的喫人、有的好色、有的攻心、有的攻身、有的擇人而噬，有的根本飢不擇食。

幾乎可以說，世上有多少人，就有多少魔鬼。

但只怕沒有一隻魔鬼會像蘇鐵樑現在的樣子。

他只「吃」暗器。

他不是用嘴，而是用「身體」來「吃」暗器。

——人是血肉之軀，如何「吃掉」這些爲數相當可觀的可怕暗器？

很簡單。

他用身體來擋。

只要暗器打在、嵌入他的身上，他就算成功地「吃掉了」那一口暗器。

◇◇◇

這些暗器，有的擊中了，入處的傷口極小，像一支針刺傷那麼小。

但穿透出去的傷口極大。

足有一個拳頭那麼大。

有的打中了，鑽入身體，卻使整個身體膨脹了起來，整個人就像球一般，脹滿了氣。

有的射進去了，入口處也並沒有流什麼血，但暗器卻繼續在體內迅速亂竄。
有的暗器根本不打入體內。
只劃破傷口，就失去了勁道，掉落了下來。
傷口也沒流太多的血。
但血卻是暗綠色，或汪藍色的。
也有的暗器打著了，流出來的血很鮮紅，很鮮亮，很鮮艷。
不過，一流，就不能停止。
而且是大量的流。
流箇不休。
總之，什麼暗器都有，各種各類，形式不同，只有一個相同處：
都是要命的！

◇◇◇

更何況現在要命的暗器都打在要害上。
蘇鐵梁的要害上！

這種暗器，只要蘇鐵樑中上一顆，就死定了！

可是蘇鐵樑沒有死。

沒有死的蘇鐵樑，卻像瘋了一樣！

——不是普通的「瘋」，而是完全發了狂發了癲發了瘋一樣。

瘋的人有多種反應：

有的人喃喃自語，有的人自毀自殺，有的人罵人打人，有的人卻拿自己頭去砸石頭。

蘇鐵樑的瘋法卻非常特別。

他瘋起來就到處去接暗器。

接暗器的方法也很特別。

他用身體去接。

而且他的行動狡捷、敏銳、靈動，且利用他那迅速膨脹的身軀，對所有的暗器全都成功地阻截／攔擋／甚至「收購」了過來。

他成了「一隻暗器刺蝟」。

俟暗器全嵌在他身上之後，他才靜止了下來，嘶吼了半聲，整個人突然炸開，然後，碎裂的，全化成一灘灘的黃水。

暗器都一一落到地上。

用完了的暗器。

至於蘇鐵梁，已成爲一個犧牲掉的了、不存在了的、在空氣中消失了的人。

◇◇◇

人是死了。

白愁飛這才洩了一口氣。

他卻似打了一場仗。

一場大戰。

他整張臉蒼白如紙，整個臉色蒼白如刀，整個身子像受不住雪意風寒般的哆哆顫顫，整個人都像虛脫了一般。

原來剛才蘇鐵梁以身軀去接暗器之際，白愁飛十指一直在閃動、急彈、狂顫、急抖不已。

——那就像有許多條無形的線，他用來牽制蘇鐵樑那發了瘋的身軀！

◇◇◇

這一輪驚心動魄的暗器終於過去了。

暗器都掉落在地上。

白愁飛喘息未平，反手已打出一道旗花火箭，自窗外穿出石塔，在空中爆炸，一道極強的金光，夾雜著兩團紫煙，在半空轟隆作聲。

他顯然已對外下了一道命令，作了一個指示。

「小蚊子」祥哥兒咋舌道：「好厲害的暗器！」

「一簾幽夢」利小吉驚魂未定的道：「想不到蘇樓主——不，蘇公子還有這一手！」

「無尾飛鉈」歐陽意意卻道：「蘇夢枕蹓了，怎麼辦!?」

「詭麗八尺門」朱如是冷冷地道：「我看白樓主自有分數。」

大家都望向白愁飛。

白愁飛淡淡的道：「蘇夢枕果是早有防備，但我也早提防他有這一著。他有張良計，我有過牆梯。他這一招當年孫玉伯對付律香川時用過，我早摸清楚他的底了，他身罹惡疾，又中奇毒，他走不了多遠的！」

祥哥兒等這才又滿臉堆歡起來。

白愁飛長吸了一口氣，臉色才稍見血氣，卻見郭東神以數重布帛包住先裹好了鹿皮手套的手，俯身拾起幾支放發過後的暗器，仔細觀察、端詳、秀眉深蹙，沉吟不語。

白愁飛不禁問：「怎麼？」

雷媚低低的讚歎了一聲：「厲害。」

祥哥兒道：「這暗器確是霸道，但終教白樓主給輕易破解了。恭喜白樓主，一切都大功告成了！」

雷媚也不理他，逕自道：「這些暗器是川西唐門製造的，嶺南老字號溫家的毒，江南霹靂堂雷氏提供的火藥。」

大家這樣一聽，更覺適才是在鬼門關前打了一個轉回來，餘悸未盡。

祥哥兒覺得自己也該好好地表現一下。白愁飛雖未能一舉把蘇夢枕殺掉，但好歹亦已穩坐江山了，論功行賞，也到了時候，自己還不好好下功夫討一討歡心，恐怕將來就噬臍莫及了。

他爲顯示大膽，也用手撿起那一塊已發放完畢砸破了的「夢枕」，嘿聲乾笑道：「這種機關，我看也沒什麼，給我們的白老大輕易破解，可不費吹灰之——」

「力」字未出口，「嗖」的一聲，在殘破的「夢枕」裡居然疾射出一枚比指甲還小的暗器，直叮祥哥兒眉心。

祥哥兒正握起了「夢枕」，相距已是極近，那暗器來得忒快，祥哥兒又全沒防著，這一下，可要定了他的命。

正在此時，「嗤」地一聲，一縷指風攻到，及時彈落了那一片小小小小的「指甲」！

出指的當然是白愁飛。

他射出這一指之後，神情也是極爲奇特：就像是一個力擔千斤不勝負荷的人，忽然又在包袱背馱上加了一百斤一樣。

祥哥兒大難不死，可嚇得連「夢枕」也掉落下來。

朱如是眼明手快，一手挽住。

他看了看已砸爛了但仍不可輕侮的「夢枕」，沉聲念了一個字：

「班」。

雷媚把暗器都放落於地上，然後遠遠的退開，彷彿連沾也不敢再沾，只道：「果然，那是酒泉巧手班家的機關：班機！」

「這就是當年四大世家中四大子弟送給蘇氏父子的『禮』！」然後她問白愁飛：「既然蘇夢枕深謀遠慮，早有退路，你是不是一定有辦法截殺他？」

白愁飛的神情很狼狽。

不是慌張失措的那個「狼狽」之意，而是他的神情：狠得像狼，狡得似狽。

他下令：「我們立即去掘那棵樹，他的退路就在那兒！」

利小吉、祥哥兒異口同聲的道：「樹!?」

白愁飛冷哂道：「不然，我著人斫掉他『那棵心愛的樹』幹嗎？」

十八 誤機

這一路急掠向那棵給砍伐了的大樹所在，「吉、祥、如、意」四人走在前邊，白愁飛居中，雷媚緊躡其後。

白愁飛一出得玉塔來，就聽到他一早佈署好、正與效忠蘇夢枕的部屬對峙的手下之歡呼聲。

——兩雄對峙，能再出玉塔的，當然就是勝利者了。

這是白愁飛想聽、愛聽、以及渴望聽到好久好久了的歡呼聲。

他當真希望這歡呼聲不要停。

可是，不知怎的，當他真的聽到了之後，心頭卻沒有意想中的歡悅和開心，而且反倒有些失落。

一下子，好像整個人、整顆心都像空了、沒處安置似的。

而且，他心頭也還有根刺。

——蘇夢枕是敗了。

——死定了。

——不過仍未真的死。

這點很重要。

——只是鬥爭的對手仍然活著，仍未喪失性命，這眼前的勝利就不能算是絕對的、必然的、最終的。

（蘇夢枕未死！）

（不行，我一定要殺了他！）

大夥兒興高采烈地把白愁飛簇擁到「青樓」內庭。

那兒本種有一棵樹。

那棵叫「傷樹」的樹。

而今只剩下了一個傷口。

——樹根。

◇◇◇

樹是沒了。

但根未斷。

年輪顯不了這棵樹已飽歷滄桑，卻斷在這麼一個兄弟互鬥的年歲裡。在斷口的側邊，又長滿了不少翠玉欲滴的新芽。

白愁飛一看那棵樹，臉色又白了，然後他霍然回首問雷媚：「妳幹嗎一直都緊跟我身後？」

雷媚對這突如其來的一問，連眼都不霎：「我在擔心。」

白愁飛道：「擔心什麼？」

雷媚道：「你累了。」

白愁飛冷哼了一聲。

雷媚追加了一句：「而且還是很累很累了。」

白愁飛反問：「妳在等我倒下去？」

雷媚直認不諱：「對，如果你倒下，我就可以馬上扶著你——到今日今時今際，你已是個倒不得的人。一倒，滿樹的猢猻都要散了。」

這時候他們已趕到那棵大樹旁——原來有棵大樹繁枝密葉的獨擎天空，但卻給斫伐了，剩下一圍大樹根的地方，所以白愁飛聽了雷媚的話只是冷笑，沒說什麼。那棵原來的大樹雖然倒了，但他還是得要聚精會神地對付樹根。

那兒早已有人。

而且早已動手。

動手挖樹刨根。

——他們一見旗花響箭，便開始挖掘這棵樹，而且還準備了只要見任何人從下面冒起來就猛下殺手。

「難怪你一定要斫掉這棵樹了，」雷媚讚嘆地道，「原來蘇夢枕的退路這下可給你截斷封死了。」

白愁飛是人。

只要是人，都喜歡聽讚美。

何況白愁飛極好權，所以更希望期待聽到讚美。好權的人所作所爲，無非是要聽更大更多或更永久的讚美，就算他們要聽批評，也無非是要搏得更進一步的讚美——你竟然敢向有權的人批評、有權的人居然肯聽你的批評，這行爲的本身已是一種高度的讚美了。

白愁飛一向很冷酷，但面對讚美，而且還出自這樣一個聰敏、明俐、機變莫測的美麗女子口中的讚美，少不免也有些飄飄然：「這棵樹我測定是他所設機關的總樞紐。我毀了它，他就只有蹩在地下，進退不得。」

而且蘇夢枕翻落床榻之後，那張床已給炸毀，退路自然沒了，出路又給封掉，雷媚這才明白：

蘇夢枕潛入床底逃生之際，白愁飛何以不急了！——白愁飛在象牙塔裡發動的攻襲，目的可能只是要迫出蘇夢枕的最後一道殺手鐧，然後再來甕中捉鱉，量中毒帶病的蘇夢枕也逃不到哪兒去。

當雷媚明白白愁飛為何一直並不著急之時，白愁飛卻急了起來。

樹根已給掘出。

連根莖都給刨出。

地道已發掘。

——蘇夢枕卻不在那兒！

◇◇◇

發掘地道時，大家都嚴陣以待。

挖掘通道的是「八大刀王」：

「陣雨二十八」兆蘭容。

「驚魂刀」習家莊少莊主「驚夢刀」習煉天。

「八方藏刀式」藏龍刀苗八方。

「伶仃刀」蔡小頭。

「彭門五虎」中的「五虎斷魂刀」彭尖。

信陽「大開天」、「小闢地」絕門刀法蕭煞。

襄陽「七十一家親刀法」蕭白。

「相見寶刀」孟空空。

這「八大刀王」，無不如臨大敵。

主持這事的卻是：

一個高高瘦瘦、灰袍的人，背上有一隻包袱。

其人其貌不揚。

但早已揚名天下。

——「天下第七」！

可是卻挖不到。

什麼也挖不到。

從地道挖下去，仍是地道，而且就像迷宮一樣，錯綜複雜，迷離交錯的地道，

待把這些鼬鼠窩田鼠竇口似的地道全都起清時，只怕太陽和月亮早已相互交班了三

千四百二十一次！

◇◇◇

白愁飛為之瞪目。

八大刀王無不頭大。

雷媚伸了伸舌，還微微漾起了難以察覺的笑意。

天下第七也一時楞住了：

地道裡仍有地道，地道中還不止一條地道。每一條地道都不知通向何處，不知有何兇險，而且好像還是可以曲折互通的直達幽冥的！

◇◇◇

「你還是低估了兩個人了。」雷媚居然有點兒「幸災樂禍」的說，「蘇夢枕固然是個從不懷疑自己兄弟的人，可是他一向也是個總會為自己留一條後路的人。」

白愁飛冷哼一聲。

他想聽下去：另一個是誰。

「妙手班家。」雷媚道，「既然他們插了手，向來天下機關他第一，除開班家的人，誰還能妙得過班家的機關？這棵『傷樹』只成了掩眼法。他不從這兒竄出去，那更不知竄到哪兒去了。」

天下第七忽道：「誤機。」

白愁飛一時沒聽清楚：「什麼？」

天下第七沉著臉陰著眼道，「殺蘇之機，一旦延誤，錯失必悔，貽禍無窮！」

白愁飛對天下第七似也有些顧忌，只忿忿的道：

「我是沒有料到底下的機關是這麼複雜！」他狠狠的說，「但我已詳細檢查過上層地形，他的出處，只有這兒！這樹既已給廢了，那麼，他要是進入『六分半堂』的勢力範圍，那是找死。若要逃離『金風細雨樓』勢力範圍，只有一條——」

雷媚和天下第七一齊眼神一亮：

「水路！」

白愁飛傲道：「他妄想從河口潛出去！」

天下第七道：「要是他不覓路而逃，只深藏在地底呢？」

白愁飛斷然道：「那我就轟了這塊地。」

雷媚即道：「可是青樓的根基在這兒。」

白愁飛殺性大現：「我便炸平了它。」

他一說完，就轉身下令：把「玉塔」和「青樓」裡一切有用的事物，全轉移到白樓紅樓，並傳達下去：一切重大號令，都得出自「黃樓」；而他自己則坐鎮「黃樓」。

這命令一旦下達，半時辰後，一連串轟嗟連聲，玉塔和青樓，已坍塌下來。這數十年來代表了京城裡第一大幫：「金風細雨樓」的權力中心，就這樣在巨響裡成了一堆廢礫。

在強烈的爆炸中，地動山搖，連皇宮裡也派出偵騎，追問何事；連城裡數十處的山泉，也突然暴漲，有的據說還湧出了紅色血水。而金風細雨樓剩下的三座樓子底下，也有嗚咽龍吟，隱約可聞。

如此把樓塔炸毀，夷爲平地，不少人都殊爲惋惜。要知道「金風細雨樓」在京城裡位居要衝，而且還處於那一帶的制高點，拿捏住了風水龍脈。環水抱山，獨步天下，連「六分半堂」的勢力範圍也屈居於下。鬥爭初期，兩派子弟爲了這居高臨下的「福地」，可以說是打了十數場折損慘烈的大戰，仍是給「金風細雨樓」佔據了這一角要塞。很多人都認爲，近年「金風細雨樓」能夠壓倒「六分半堂」，還是全仗「金風細雨樓」中有個「鐵三角」：象牙塔、青樓、紅樓佔在群龍之首的靈地，才有如此雄霸京華的造就。而今卻是一炸就只炸剩下了勉強佔第三高地的紅樓，危危獨峙。

在大爆炸的數日間，金風細雨樓的子弟們都如覺踏在浮床上，睡夢中也不穩實。

——要是蘇夢枕還躲在地底下、地道中，縱有金剛不壞之身，亦焉有命在！

◇◇◇

一番折騰、幾番喧煩過後，白愁飛出盡了人力、物力、財力、能力，但在大片殘礫敗瓦、掀土翻地中，卻全無蘇夢枕的蹤影！

——蘇夢枕到底到哪兒去了！

難道他已給炸得屍骨無存！？

白愁飛雖然得勝，但他仍是個清醒的人。

他一向冷靜得冷酷。

他不相信這個。

他一定要找出蘇夢枕。

——哪怕掀天覆地、上窮碧落下黃泉，他也要翻出死的活的半死不活的蘇夢枕來，他才能食得安、寢得樂！

就算蘇夢枕已炸得剩下了一根毛髮，他也要把他給找出來！

要不然，他宛如鯁骨在喉、芒刺在背、釘在眼、針在心！

十九　相機

這一陣子，京城裡、江湖上、武林中、黑白道，誰都在找蘇夢枕，誰都在猜他在哪裡。

不但白愁飛找他，「金風細雨樓」的人也在找他，「六分半堂」的人在找他，「迷天七聖」的人找他，「發夢二黨」的人找他，「老字號」、「妙手班家」、「蜀中唐門」、「江南霹靂堂雷家堡」、「小天山派」，「有橋集團」、「下三濫」、「太平門」、刑部、神侯府、相府、大內的高手都在找他。

只要他仍有一口氣在，「金風細雨樓」就不完全能算是白愁飛的。

甚至連白愁飛也不敢這樣認爲。

聞說蘇夢枕給自己人「扳倒了」，六分半堂和迷天七聖的人自然驚喜，但只要蘇夢枕仍活著的一天，他們就不敢當「金風細雨樓」只有一個頭號大敵：白愁飛，而是還有一個隱伏著的強敵：蘇夢枕！

然則蘇夢枕到底去了哪裡？

他是不是還活著？

——就算他能逃得過那一劫，但身罹劇毒和惡疾，又能活到幾時？

任勞、任怨負責在河上巡邏。

這幾天，他們一直留意著有什麼異動。

沒有。

一切都似乎非常平靜。

水靜。

河清。

只有一名簑衣櫓公，深夜搖槳，白晝垂釣。

他們都是辦案（尤其冤案）的好手，自然不放過任何可以追捕蘇夢枕的「蛛絲馬跡」。

所以他們認準了這名櫓公。

能在分隔六分半堂和金風細雨樓的河上撐舟的人，自然必有來歷。

這位櫓公當然極有來頭。

而且來頭不小。

◇◇◇

幾乎就在蘇夢枕翻床倒榻的那一刻起，這小舟也馬上啓程疾航，其勢甚速。

走的端的是快。

可是在「叛變」發動之前，白愁飛早已向蔡京「要」了兩個人來「協助」：

這兩人自然就是任勞、任怨。

他們一早已佈署好了。

——如果蘇夢枕床榻下的通道能直通水道，那麼，這一艘小舟極可能就是接應蘇夢枕的強援。

所以，他們要盯死這一艘舟子。

釘死舟上的人。

——不過，在白愁飛未正式動手之前，有很多行動是不能有所行動的。

甚至連「動」都不能「動」。

因為不能「打草驚蛇」。

蘇夢枕是何等人物？白愁飛至多只能先行收買郭東神，指示蘇鐵樑下毒，幹掉樹大夫，這些都只能在神不知、鬼不覺中暗底裡進行，最冒險的已是叫蘇鐵樑把蘇夢枕床榻機關卡住，但如果要先把這泛行於天泉湖的舟子打沉，潛入蘇夢枕枕下機關甬道探底細，都足以牽一髮動全身，白愁飛在未正式動手前，是決不敢先動這些「要害」的。

——因為這些既然是「要害」，那除非一攻就要命。否則一定會生起極大的警覺，以及引起全面的提防。

白愁飛不能「動」這些「要害」，但他能派人緊緊盯死著這幾個「要害」：

——他派「八大刀王」堵死「傷樹」的地道出口。

——他請任勞、任怨監視天泉湖上的舟子。

——他遣「抬派」智利及「海派」言衷虛，去跟蹤楊無邪，只要「時候來了」，便殺無赦。

——還有一個「要害」：

王小石。

就是因爲他聞說王小石已返京城，所以他才急不及待，對蘇夢枕提前動手的。

除了他自己請動蔡京的黨羽偵騎四出，留意王小石的動靜之外，他也要「托派」黎井塘和「頂派」屈完，只要一見酷似王小石的人只要落單出現京中，就不擇手段、格殺毋論。

——決不能容讓王小石得與蘇夢枕會合！

白愁飛無疑算得十分周密。

只可惜蘇夢枕的退路，仍周圓得出乎他的想像；而班家設計的機關，也巧妙複雜得難以估計。

「傷樹」居然不是唯一的出口。

那末，炸平了象牙塔和青樓之後，如果蘇夢枕不自投羅網，在金風細雨樓的叛逆或六分半堂這兩大強讎宿敵的範圍下冒出來受死的話，那末，唯一可能的出路，就是天泉湖這水道了。

白愁飛派任勞、任怨守這一道，主要是因爲除了這兩人手段夠辣、搜捕經驗豐富之外，最重要的是：這兩人頗熟水性！

他卻深知蘇夢枕不諳泳術。

何況蘇夢枕還只賸下一條腿能動，量他也游不出天泉湖！

——無論蘇夢枕怎麼逃，如何跑，他都要這個曾一手提拔他上來的老大只能翻了肚子，永遠也翻不了身！

◇◇◇

舟子一旦開動，往東急航，任勞任怨也緊接著發現白愁飛在「象牙玉塔」發出的訊號了。

他們立即兜截，一如早先約好了相機行事一般。

其時水波翻湧，二十一艘快艇，自四方往小舟團團疾快圍攏過來。

舟子的速度卻驟然加快。

快得當真是乘風破浪，而且直往包抄的快艇迎面撞來。

這一來，負責東邊收縮包圍網的三艘小艇，都嚇得魂飛魄散，要是這般硬撞，只怕誰都得粉身碎骨，他們可不想死，更不想這樣冤枉死。

所以，有兩艘立即迴避，另一艘卻擺避不及，眼看就要撞上了——

卻不料這一艘舟子愈行愈急、愈近愈速，眼看兩舟就要撞上時，這艘小舟竟給一種奇力憑空兜住，藉湖波大作之勢，竟凌空而起，幾達九尺，恰恰自小艇之上越空而過，越圍而去！

那原來以爲要撞得箇稀巴爛的兩名「六扇門」的鷹爪子，都嚇傻了眼，驚魂散魄，只有目瞪口呆的份兒；但往旁左右散開的兩艘小艇，艇上的刑部高手，都在那一瞥中發現：那小舟越空而起之際，是舟上的人，雙手十指箕張，青筋突露，竟抓住船舷一拔就硬生生的飛越了過去！

這舟子上的櫓公，竟借了群舟翻波之勢，用雙手之力，連同自己一起「舉起來」，像憑空多了數十級樓梯一般跨了過去，並向東急馳！

東邊不遠處，就是「神侯府」。

神侯府，住的主人就是當今名動天下的諸葛先生，也是任勞、任怨最不敢惹也最不想惹的人物，最不願意更最不喜歡闖入的地方。

那舟子上的簑衣人彷彿也深覺得：只要走進了「神侯府」，就算是相爺親自下令捉人，諸葛先生和四大名捕也必能搪住一陣。

以這艘舟子之勢，眼看必能乘風破浪，在「神侯府」前登岸。

如果不是有「攔江網」的話。

「攔江網」是一種極韌極細、甚密甚銳的網，擱在水上，不易察覺，就算是一艘大船，只要給網纏上，就絕對無法脫得了身——就像收上岸來網中的魚兒一般。

那艘舟子非常不幸，就落入網裡。

其實，落入網中是必然的。

因爲這湖上已在這幾天悄悄的遍佈羅網。

只要號令一下，網就會適時收緊，一切都配合白愁飛的指示相機而行。

現在網已收緊。

舟上的櫓公成了網中人。

舟上果然不止一人。

另一人在舟上伏著，動也不動。

然而包攏上來的快艇，艇上的各路高手也不敢妄動。

他們都知道自己立了大功。

就因爲立了功，一定有獎賞，所以更不願平白把性命犧牲掉。

因爲這櫓公已露了一手。

功力非凡。

何況船上還有一個就算落得如此田地但也足以令人喪魂動魄失心驚神的大人物：

「金風細雨紅袖刀」：

蘇夢枕！

廿　撞機

舟上的人依然沒脫下簑笠。

他橫著槳，眼神透過竹笠縫隙，冷視任勞、任怨和四十二名衙裡派出來的好手。

這四十二名好手中，有一半還是從水師中調度來的，精通水性，深諳水戰之法。

這一下子，水道的陸路的高手，全包圍了那名櫓公，和那伏在船上的人。

任勞、任怨互望一眼，一個發出一聲浩嘆，一個則搖首嘖嘖有聲。

「可惜，可惜，良禽擇木而棲，看來，船上的英雄大哥，所倚所護的可是一塊朽木。」

「到這地步，再抵抗也是多餘的了。我們也絕對不要趕盡殺絕，蘇公子只要跟我們回去銷銷案就是了，至於這位大俠，正是相爺和白樓主、朱老總都要倚重的大材，何不覓明主而效力呢？」

「我們這兒的人都深諳水性，你逃不了。」

「你船上的人受傷挺重吧？他只有一條腿，你能分心護他到幾時？」

「他傷得那麼重，你一味死守這兒，反而害了他的性命，這又何必呢？」

「那又何苦呢？讓我上你的船，給蘇公子治治病可好？」

「你要是能放下船槳，把人交出來，咱們立即就撤了網，交你這個朋友，放你走！」

「怎麼樣？」

「待會兒『金風細雨樓』和各派高手就要趕到，那時他們要嚴拿你治罪，咱們可擔待不了了！」

他們一面搖頭擺腦、一唱一和的說著，一面催艇漸接近小舟。

那簑笠翁忽叱道：「停住！」

任勞笑道：「水勢如此催來，我停不了。」

任怨揚起一隻眉毛道：「你若不喜歡我們靠近，大可撐竿走呀！」

這時，扁舟已給「攔江網」緊緊鎖住，哪有掙動的餘地？任勞的說法也純粹是調侃諷嘲，目的要激唬這守在舟上的人，使之六神無主、手足無措而已。

簑笠翁手一掣，「登」地自槳頭彈出半尺長的一截黑色銳劍來。

任勞本正要踏步上小舟，見此退了一步，唇紅齒白的展顏笑道：「哦？還有這下子，嚇了我一跳。」

任勞則搖手勸誡道：「小心小心，別傷了身受重傷的蘇公子啊！」

這時，他們的快艇已打側泊近扁舟，任勞在船尾，任怨在船頭，隨時都會登上小舟成夾攻之勢。

不料，這簑衣人忽把木槳一沉，抵在船上伏著的人後襟，居然道：「我不一定要救他的，你們一上來，我就殺了他。」

這一來，任勞任怨和一眾鷹爪、狗腿子，全皆怔住了。

——這人不是來救蘇夢枕的嗎？怎麼卻成了殺手！？

那簑笠翁嘿聲道：「你們若能生擒蘇夢枕，功勞更遠比得到個屍首來得大，可不是嗎？反正我活不了，蘇公子也活不了，我殺了他，你們誰都沒大功可討，如何？」

任勞忙道：「不不不……」

任怨也道：「別別別——」

任勞道：「英雄有話好說，我們不迫你就是了。」

任怨卻笑嘻嘻的道：「不知閣下殺了蘇公子後，卻又怎麼逃？」

任怨這一句問住了簑笠人。

簑衣人乾咳了一聲，道：「我來得了這裡，原就沒想逃。」

他的聲音顯然要儘量和盡力抑制，但仍忍不住流露出一種悲壯與哀傷之情：「我欠蘇夢枕的恩情，不惜付出自己的性命。現在，時候已經到了，我來世間走了一轉，也活膩了，享受夠了，也沒有遺憾了。」

任勞一付肅然起敬的樣子道：「對對對……你活夠了，可是，我們還沒有，蘇公子更還沒有活夠，您老可不要意氣用事。」

這時候，他也聽出來了，這簑衣人的年紀決不會比自己年輕。

不但聽，也同時看出來了。

唯一露出簑笠的，是手。

佈滿皺紋、黼皮、青筋、鷹爪一般的手。

那簑衣人黯淡的道：「你們不要迫我，我也不致非死不可。」

任怨卻道：「我有一件事不解，既然你要報答蘇公子，救他是當然的，但又為啥要殺他呢？」

那人道：「落在你們手裡，生不如死，我不如殺了他。」

任怨又道：「蘇公子傷得這麼重，一動都不能動，你這樣殺他，豈不恩將仇報？」

簑笠翁悶哼一聲道：「那是我的事。」

任怨咦了一聲，像發現了黃狗飛上天，大驚小怪的道：「蘇公子病得蠻重，也給炸傷了吧？怎麼一聲作不得響？他怎麼多了一條腿？那是假的不成!?」

簑笠翁陡地喝道：「站住！再踏前半步，我就要下手了！」

任怨伸伸舌頭道：「奇怪奇怪真奇怪，你要對付的，好像不是我們，反而是蘇夢枕！」

任勞這時也看出端倪了，也道：「你替我們殺了蘇夢枕，也有好處。」

簑笠翁不但發現任勞任怨正設法逼近，連其他的敵人也無聲無息地掩近了，所以越發緊張起來。

任勞咔咔地笑了幾聲，喀地吐了一口濃痰，落於江上，浮起青黃色精液似的一塊稠膿：「白樓主下令殺無赦，相爺要的是解決蘇夢枕，活的雖然功大一些，但有後患無窮；蘇夢枕有的是徒子徒孫，難保有一天不找我們報仇。如果是你下的手，那麼，將來江湖上傳了開去，我們也不是兇手，獎賞雖少上一些，但卻永無後患，算來有賺頭。」

「對呀，」任怨一雙小眼斜乜看簑衣人在竹笠裡深藏的眼，「候機不如撞機，反正，大好時機大都是撞出來的，咱們不妨試試看，看你先殺得了蘇公子，還是我們及時搶救得了蘇樓主？」

說著，兩人似各有異動。一首一尾、前後包抄的像就要跳入小舟來了。

◇◇◇

這一下，其實完全是「以膽搏膽」。

任勞、任怨自然怕這簑衣人真的下手殺掉蘇夢枕——因爲抓拿了個死的蘇夢枕和一個活的蘇夢枕，對白愁飛來說，都是一樣的；不同的是不是由他親自下手殺掉而已；但對蔡相爺而言，論功行賞的，卻不一樣，而且很不一樣了。

對白愁飛，只要抓著蘇夢枕，他是決不會留對方性命的。

蔡京則不同。

如果蘇夢枕未死，只是給逮住了，他會著人立即把蘇押來。

他會派人好好的「養」著他。

——總之，沒有他的命令，蘇夢枕必形同「廢人」。如果蘇夢枕肯全面投效於他，爲他鞠躬盡瘁，他也正好用得上這等人物。萬一白愁飛野心太大，牽制不住，蘇夢枕只要還活著，有一天「金風細雨樓」又是蘇夢枕重行當政也並非奇事——只要蘇夢枕願意當他的傀儡。

是以，活抓蘇夢枕和殺了蘇夢枕，功勞大不一樣。

死的蘇夢枕只是絕了後患，活的蘇夢枕還可能會很有用。

何況任勞、任怨都風聞了一件事：

朱月明因爲太會「趁風轉舵」了，不管皇上、諸葛先生、米公公、方小侯爺、金風細雨樓、六分半堂、迷天七聖還是發夢二黨，對他印象都不賴，蔡京卻不大喜歡。

他當然是比較喜歡那種只效忠於他的人。

所以他好像放出了風聲：

京裡的刑總要換換人了。

任勞任怨自覺已任勞任怨了那麼多年，這刑部老總的位置，很應該輪到他們來坐坐了。

故此他們當然希望能立功。

而且還是立大功。

眼前就有一個「大功」：

蘇夢枕。

——而且是要活的蘇夢枕！

廿一 跳機

他們跳上了小舟其實是冒上一個大險，但也是跳上了一個好時機。

——那就像是機會在頭上掠過時，他們躍身跳了上去，當然那可能是個轉機也可能是個危機，跳上去可以平步青雲也可以跌個頭額崩裂。

但時機來時還是得要冒險、得要把握的。不然，機會就會鳥兒一般的飛走了，不一定還會碰上第二次。

他們敢這樣做，是因爲看出了一點：

——按照道理，應該是任勞任怨在拖延時間，因爲，時間越拖下去，對這簑衣人只有更不利：一是這兒係「金風細雨樓」的地頭，誰也闖不進來救走這小舟上的人；二是蘇夢枕傷重毒深，拖下去必死無疑。

可是，很明顯的，也很奇特的是：簑衣人卻也在拖宕時間。

——他在等什麼？

如果他要殺蘇夢枕，一動手早就殺了。

如果他能夠突圍，早就衝出去了，賴在這兒等白愁飛帶大隊人馬趕來不成？

所以，很有些不對勁。

因而，任勞任怨要掩上小舟來。

那簑笠翁也十分機警，手腕一沉，「哧」地一聲，槳尖劍已劃破伏在舟中人的後襟，只聽他沉聲喝道：「你們只要跳入這船半步，我的劍立即刺下去，人縱不是你們殺的，也是你們逼死的，日後蘇夢枕的徒子徒孫兄弟手足要是爲他報仇，當然不會忘你們跳上來的這一場！」

這一喝，已視死如歸，至少把任勞任怨一時震住了。

這一陣子耽擱，卻聽一陣鷹嗥，自江邊西處此起彼落。

任勞、任怨互望一眼，攤攤手、擰擰頭，眼裡都有失望之色。

因爲那鷹嘯是暗號。

暗號是說：

——誰也不許妄動。

白「樓主」就要來了。

——他要親自來處理這兒的事。

既然他要來了，任勞任怨也不敢擅自解決此事了。

——白愁飛未當「樓主」之前，已是蔡京的義子，他們當然不想得罪這種人；

白愁飛現在已當上了「金風細雨樓」的大當家，任勞任怨更不敢去開罪這樣的人！

這世界上，有一種人，最知道什麼時候該「錦上添花」，啥時候要「落井下石」，那就是：

——走狗。

而任勞任怨是極有經驗、甚有份量、非常聰明的「走狗」。

他們當然懂得怎麼做、如何做、以及什麼不該做。

所以他們現在寧可不要立大功了，袖手旁觀，趕盡殺絕的事，就讓給十一萬火急白愁飛去做。

◇◇◇

白愁飛趕來的時候，神情如狼似虎。

狠得似狼。

兇得如虎。

他要追殺他的大哥，他要對過去提拔他的樓主趕盡殺絕。他要對付以前教他成材的主人。全世界的人都已知道他這麼做了，可是他居然還沒有把這個一手扶植他坐大的老大殺掉，所以他更兇悍，更猴急，更窮兇極惡，好讓人知道他是一定會勝利的，而且他已豁出去了，那個曾栽培他成爲一人之下萬人之上的義兄是必遭他殺害無疑的，這樣咄咄迫人，或許可以讓人忘了他迄今仍殺不到那個他務必要斬草除根的龍頭老大，而不致對他有沒有當龍頭大哥的資格生疑。

不起疑，就不會亂。

只要暫時穩下來，他就可以完全操縱「金風細雨樓」乃至京城武林的勢力和實力了，那時根本就亂不來、亂不成了。

他知道什麼是「動亂」的「罪魁禍首」，是不能給蘇夢枕還保有一口氣。

所以他一旦聽到在湖上堵截住一艘可疑的快舟，喜出望外，深慶自己一早在江上封鎖得死死的，並且立即帶動一眾高手，飛槳趕來。

趕來殺他的結義大哥。

他終於趕到。

也及時趕到了。

他要蘇老大死在他的手上。

他要親自殺他。

——蘇大哥若死在別人的手上，他還覺得不妥貼、不愜意、也不放心哩。

人就是這樣子，要壞，只要壞了個開頭，常常就會壞下去；講義氣的，只要義字當頭，到頭來可能爲義字不惜嚥下最後一口氣。重感情的，只要先傷了感情，到後來就不惜無情絕情到絕頂。

墮落是這樣，進取亦如是。

——像白愁飛這樣的人，也沒有回頭路可走了。

他只有進。

前有急流。

他第一反應就是向撐舟的人下令：「全力推進。」

新樓主上任，而且晉升的方式是把前任樓主「打」了下來，有支持過他發動的，自然要賣命，以搏取更多的擢賞；沒爲他效過力的，更要搏命，以表示他跟前樓主沒有什麼「關係」。何況，新樓主那麼要命，他們誰都不敢不拚命。

所以船快得似水上奔馬一般。

很快的他就望見小舟。

和小舟上的人。

舟子上的簑衣人自然也看見他。

看到他了之後，那在簑笠裡的眼神就更特別了。

那眼神同時令人感到兩種訊息：

心喪欲死和視死如歸。

——雖然兩者都是自份必死，但一個是絕望無依的，一個是對死無懼的。

兩種眼神都出現在這一雙飽歷人情世故的眼裡。

白愁飛卻不很注意他的眼。

他一下子就盯住對方的手。

然後他第一句就問：「你要什麼？」

簑衣人道：「我什麼都不要。」

白愁飛道：「你不要，我要。」他指了指舟上伏著的人，「我要他。」

簑衣人乾咳道：「他是我的。」

白愁飛目光如電：「你年紀很大了吧？」

簑衣人嘿然道：「比你年長就是。」

白愁飛道：「回去安享天年吧，我知道蘇夢枕對你有恩，也犯不著爲他死在這兒。」

簑衣人愣了一愣，白愁飛又道：「只要你把這人交給我，我可以放你走。如果你像當日爲他效命而潛在『迷天七聖』裡臥底一樣爲我效力，在『金風細雨樓』裡補你個『五方神煞』缺！」

簑衣人顫了一顫，長吸了一口氣，好半晌才道：「你是怎麼認得出來的？」

白愁飛淡然道：「我認出你的手。鷹爪練到你這個地步的可謂罕有。咱們在『三合樓』上交過手，你後來加入了樓子裡，但王小石走了之後你也銷聲匿跡了，我早防著你和朱小腰隨時都會冒出來。」

「好眼力。」那人又沉默了好一陣子，才能平息震驚，慢慢揭開了頭上的簑笠，露出一對黑而烈的濃眉、細而嫩的肌膚和滿頭白髮來，卻正原是「迷天七聖」裡的大聖主，「不老峒主」顏鶴髮！

廿二　晚機

「這麼有眼力的人，卻是這樣不講義氣；」顏鶴髮冷哂道，「我爲你可惜。」

「人家都管叫你做『不老神仙』，你卻老了，老掉牙了。」白愁飛嘖聲道：「這江湖以前是講義氣的，現在是講實力的。武林不是義氣講出來，而是各門各派各家各宗的勢力堆疊對壘出來的。到現在還有人講義氣？大概只有你了！講義氣有什麼好處？你保不了自己，還保得住蘇夢枕？你到這時候還跟他講撈什子的義氣，到頭來只累了你自己！」

顏鶴髮也不以爲忤：「要講義氣，就不怕受人連累。凡是講究成敗得失，就不是義，而是利。」

「你也學人講義氣!?」白愁飛嗤笑道，「那你又在關七重傷慘敗時，投靠金風細雨樓!?」

顏鶴髮亦不動氣，「第一，是關七迷失本性，先行誅盡老臣子，逆天行事，人神共憤。第二，他已神智不清，全遭五、六聖主和幕後人物支使，我們總不能死跟著他去發瘋。第三，蘇公子一早已以識重待我，我也以知遇待他，後頭幾年，我只在『迷天七聖壇』裡當臥底，並不是侯關七遭電殛電劈時才背叛他的。第四，蘇樓主一向待我恩厚，我欠他的情。」

白愁飛臉色一沉，嘿聲道：「你欠他的情，就得償他的命!?」

「我早有此決心。」顏鶴髮卻是說來安然，「君不見我年已老邁，雖老尚風流，但身畔決無牽連嗎?我上無父母，身無長物，伴無妻室，下無兒女，四海為家，生是赤手空空的來，死時也雙手空空的去，有何罣礙?有何不可?」

白愁飛雙目厲光一長，正待發作，忽又長吸一口氣。

深長的一口氣。

然後他平和的說：「加入我們吧，現在還來得及。你對蘇老大那麼忠心，我不會介懷，只要你將功立罪，把他交給我，在樓子裡，有我白某人在的一日，決不委曲了你。」

顏鶴髮聽了倒也一楞：「我不知道你說的話是不是真的，除非你能提出保證。不過，我倒佩服你，你逆性太強、野心太大，但你確是人材，果是人物!」

白愁飛卻把臉色一扳：「咄!到此時此境，你還討價還價!你討得了好麼!」

遂而轉首霍然向身後四人：「稟報吧!」

利小吉即道：「趴在舟上的人已沒有了呼息。從你們開始談話起，他就絕對未曾呼吸過。」

祥哥兒也道：「這人脈搏沒有跳動過，我注視了好久，近腕脈和頸脈的衣飾，除了給江風掠過，就不曾微移過一下！」

朱如是卻道：「心也沒有跳，更重要的是，他的腿也沒有斷！」

歐陽意意則道：「他伏臥的位置，臉孔完全遮覆著，顯然是要我們認不出來：這到底是誰！」

白愁飛怒叱一聲：「這究竟是什麼人!?」

顏鶴髮慘笑道：「好，你身邊有的是能人，難怪敢逆敢叛！」

白愁飛一聳身已落入舟內。

顏鶴髮手上的槳劍沉了一沉，劍尖已略沒入覆趴著的人之頸肉裡。

「這沒有用的，你威脅不到我的！」白愁飛的臉又開始發白，指節和青筋突露分明，連中指都變長了起來，「何況，就算這是蘇夢枕，也只是一個死了的蘇夢枕！死的老虎跟死的老鼠沒啥兩樣，最多是屍身份量重上一些罷了！」

「好，好！」顏鶴髮兀然笑了起來，「可惜，可惜！」

白愁飛上前一步，顏鶴髮雙肘一沉，雙手握槳於膝上，將劍上翹，直指白愁飛咽喉，姿勢甚詭。

白愁飛凝住了腳步，衣袂讓江風吹得獵獵作響，「可惜什麼!?」

「你警覺得好！」顏鶴髮笑得很放肆，「那的確是個死人。可惜你還是省覺得太遲了！」

說著，還後退了一步。

本來他一直屹立在舟子中段，白愁飛自舟首登上，他這一退，已退到船尾，只留下那伏著的人仍趴在舟子中間。

白愁飛踏前一步，飛起一腳。

這腳踢得十分小心。

——因為那可能是蘇夢枕的屍體。

只要任何事物關係到蘇夢枕這種人物的，都不得不小心翼翼。

因為就算蘇夢枕只賸下一口氣，仍是個絕世的人物。縱然他死了，但餘威尚在，那就像秦始皇的墓陵一般，縱人已死了千百年，要盜墳掘墓的人一不小心只怕還是得個陪葬的下場！

所以他那看來隨隨便便的一腳，卻是平生功力之所聚——不管有機關、敵人詐死、還是蘇夢枕反撲，他都早準備好了三十一種應對之法：無論對手怎麼來，他就怎麼收拾，而且一定收拾得了。

但什麼都沒有發生。
沒有反撲。
沒有陷阱。
屍首給一踢翻身：
這屍體很眼熟——
卻不是蘇夢枕！

◇◇◇◇◇◇

白愁飛認得這死人：
「抬派」掌門人：智利！

◇◇◇◇◇◇

他死了！

竟死在這裡！

這麼說，去跟蹤追殺楊無邪的那一組「行動」，必已出了岔子！

◇◇◇

這一剎間，白愁飛覺得自己雖在密謀計算人，但也一腳踩入人家設的殼裡去了！

——調虎離山！

——陳倉暗渡！

他們這一大夥的人，全給這一個「死人」和顏鶴髮「拖死」在這裡了！

以致該做的事沒做。

該發動的行動未發動。

要補救的問題已來不及補救。

這時候，他只覺得很羞辱，也很憤怒。

卻聽顏鶴髮笑道：「你本來是有機會的，可惜已省覺得太晚了。」

這一種笑是張狂的。

也是絕望的。

——一個人很少會發出這種不留餘地的放笑，除非他根本已不打算再留什麼餘地給自己！

廿三 落機

一個人什麼時候才會完全不留餘地給自己？

——那就是他準備死了，或者隨時都可以死了的時候。

白愁飛怒吼一聲，正要動手，顏鶴髮已先他一步動了手。

他不是向敵人動手。

——他眼前的敵手，就算不論白愁飛，剩下不管是任勞、任怨，還是朱如是、歐陽意意、祥哥兒、利小吉，或是雷媚、天下第七，都是難以取勝的好手。

可是他是向自己動手。

一劍刺入了胸腔。

這一來，白愁飛、任勞、任怨一齊大叫：「別——」

天下第七只冷哼了一聲。

顏鶴髮卻真的停了手，鮮血已自傷處迸流出來，倒染了槳柄，他雙手都沾了血。

他卻像要起程去哪裡之前忽給人叫住一般，微微留戀的問：「嗯?叫我有什麼事呀？」

任勞大叫：「有話好說，何必尋死？」

任怨也道：「我們也沒意思要殺你，你不必這樣枉作犧牲！」

顏鶴髮轉過去面向白愁飛，居然好整以暇的問：「你呢？」

白愁飛知道這人是唯一的線索。

——想找出蘇夢枕的下落，顏鶴髮就不能死。

一定不能死。

——死了線索就要斷了。

他只好也央求道：「你不要死。你對蘇老大這麼忠心，我很賞識你，你不要死。」

顏鶴髮似有點猶疑起來。「我也不想死……但教我怎麼相信你才好呢？」

白愁飛急道：「我現在是『金風細雨樓』的大當家，說話當然算數，怎會食言！」

顏鶴髮仍在考慮中，「既然這樣，要我信你，你就當眾立個毒誓好了！」天下第七又冷哼一聲。

白愁飛勃然大怒，顏鶴髮灑然一笑，手一用力，鋒利的劍尖又沒入腹腔二分，血流如注。

白愁飛急道：「千萬不要——好，我說：皇天在上，我白愁飛今日若得顏鶴髮如此大將，必當重用，永不背義，生死與共，情同兄弟，決不加害，永無相欺……」

顏鶴髮卻偏著頭側著耳，似乎還要聽下去。

白愁飛到這個地步，也只好馬死下地行，硬著頭皮說了下去：「……如有背諾，願受天打雷劈，不得好死。」

顏鶴髮吁了一口氣，緩笑道：「對了，真要發誓，要毒一些，這樣才誠意嘛。」

白愁飛也這才舒了一口氣，緩步上前道：「現在大家可都是自己人了……」

「對！」顏鶴髮一面表示同意，然後卻又一劍刺入自己的胸膛，並一面表示惋惜的說，「我至少替蘇公子報了一個仇，逼你說了你不願說的話。」

白愁飛氣得眼都綠了，恨聲道：「你——」卻是仍不敢過去阻止顏鶴髮自戕。

這時，顏鶴髮的劍鋒三次運力，已刺入腹內逾半寸。劍在他手上，無論白愁飛再怎麼快，也阻止不了他自殺的。他一死，蘇夢枕下落的線索得要斷了。

——這機會是不能再失落了的！

所以他怕死。

他怕顏鶴髮真的死了。

死了就機會落空了！

他忍氣吞聲的道：「我已答應你了，你幹麼非死不可呢！」

「你答應我！哈哈……」顏鶴髮仰天笑了起來，一笑，腹肌震動，劍鋒更割裂傷口，血如泉湧，「你，還有任勞任怨這種人，還會言而有信麼？你們要是守信義，蘇樓主今天還會遭了暗算麼？你要是守諾言，發黨花府會有當日的血流成河活剝人皮麼？——」

他罵得甚爲痛快。

反正他就要死了，他要罵箇痛快。

——要殺死白愁飛這些人，尤其在此時此境，他自知沒這個本領，但要殺死自己，還是易如反掌的事。

畢竟，命是掌握在自己的手裡。但他就罵到這裡。

只罵到這裡。

因爲他的槳劍突然爆炸了。

只見陡地亮起了一束光，光得令顏鶴髮目難睜開，不及反應，手上的船槳連同劍鋒，給切斷了開來，而且炸得粉碎，碎片偏又往四周飛散，一片也沒濺射到他的身上！

一下子，他身上只剩下體內半寸長的一截劍尖。

他楞了一下。

他馬上發現，動手的是那瘦長灰袍個子。

原來他已悄悄的解開了包袱。

然後包袱裡一亮。

——不知是什麼東西

接著槳劍便粉碎了。

顏鶴髮正急恨自己大意，忙用掌一拍，要把自己體內的劍鋒激穿心臟。

可是一切已來不及了。

白愁飛已到。

他一口氣封了顏鶴髮六個大穴。在顏鶴髮倒下來之前，他運指如風，又封了他十二個穴道。又在他倒下來之後，再一連串又封住了他十八處要穴。

這時候白愁飛已經可以絕對的肯定了一件事：

顏鶴髮已徹底的崩潰了。

他絕對沒有自戕的能力，連同說話、眨眼、咬牙、大小便的能力也沒有了。

顏鶴髮一時疏忽，已給天下第七的「勢劍」所襲，他已失落了一個主動求死的機會。

他只要失去了這個機會，那麼，他的死活就完完全全的不在自己手上了。

他要他怎麼死，就怎麼死。

他要他不死，他就怎麼都死不了。

他要好好整他。

他知道顏鶴髮已不惜一死，自然是對蘇夢枕效忠，但這沒有關係，他知道顏鶴髮遲早都會把蘇夢枕藏在哪裡、死了沒有一一供出來的。

因爲他會把顏鶴髮交給了兩個人。

他們當然就是任勞和任怨。

◇◇◇

這兩個人，已足以製造世間一切冤獄，已足以使世上任何好漢，都變成了豬狗不如的孬種。

◇◇◇

所以他向天下第七點了點頭，算是表示謝意。

——雖然他內心極不甘心，讓天下第七在眾目睽睽前討了這麼一個功！

要不是他儘可能吸住顏鶴髮的注意力，天下第七才不會那麼容易得手。

——這幽魂似的東西今次又不知會在相爺面前如何吹擂認功的了！

可是天下第七居然沒理他。

而且看也不看他。

嘿！

於是他立刻對一擁而上的打手下令：「把這老不死綑上大船，交給老任小任好好整治整治，要他把該說的話，一字不漏的說箇清楚！」

眾裡一聲吆喝，搶前四名「風雨樓」弟子，抽出麻繩，立刻便要把顏鶴髮蟹般紮起，拖上大船去！

廿四　待機

這時候，顏鶴髮就算想死，也苦求不得了。

那四名「金風細雨樓」的近身弟子，動手把顏鶴髮揪住，任勞已有點磨拳擦掌、急不及待了：「嘿嘿，敬酒不吃，這口罰酒夠你受的了。」

任怨不說話。

他的眼神充滿期待。

他還掏出一包止血散，要其中一名矇眼的弟子替顏鶴髮敷上。

他可不捨得讓這老人家「流血不止」。

——此際，顏鶴髮眼看自己已落到這兩個以施刑手段殘怖而名震天下的人物之手上，他心裡會有什麼感受？是什麼感受呢？

接了「雞鳴止血散」的弟子，走近顏鶴髮，要替他敷搽在創口上。

顏鶴髮不能拒絕。

也無法拒抗。

他本來橫豎都要死了，雖死而無怨，但仍圖逞一口氣，好好凌辱諷嘲一下白愁飛、任勞、任怨等人。

可是他料不到「天下第七」的「勢劍」這麼可怕，以致他的劍鋒刺入自己身體幾近一寸——但就這樣嵌在那裡，多一分都刺不下去了。

而且白愁飛的止血藥也特別見效（雖然他不知道那是白愁飛在殺害樹大夫之前也迫他說出一切寶貴藥物的所在），一撒下去，血就開始流得很慢了。

很快就要不流了。

凝結了。

——但那時候，恐怕就是劫難的伊始。

顏鶴髮真希望自己立刻死去——就算死不去，暈過去也好。

偏偏他雖然全身都動不了，但卻偏偏也昏不過去。

這時候，他已完全絕望了，卻突然發現了一件奇事：

那上來替他止血的「風雨樓」子弟，忽爾跟他眨起了一隻眼睛。右眼。

然後那名小眼睛的漢子猝然拔刀。

一刀砍下了他的頭顱！

◇◇◇

「嗖」，一道血雨，鮮明驚心的灑在江面上。

「咚」的一聲，顏鶴髮的人頭也落於江中。

待白愁飛、任勞、任怨驚覺時，刀已揮出，血已濺，頭已斷。

只一刀，死亡已成爲事實。

◇◇◇

白愁飛怒目厲聲，戟指那名小眼睛的漢子，叱道：「余少名，你——」

那余少名的漢子疾道：「我一直等待報答蘇公子的機會，已好久好久了。我用這個，」他把刀當胸一橫接道：「來告訴你，蘇公子待人以恩，你懾人以威。爲蘇公子效命的人，到處都是，只是機會未到，他們留待實力，有一天，等待的機會來了，你就下地獄去吧！」

話一說完，橫刀一捺，頸處驀地灑出一蓬血霧，頭只連著一層皮，晃搖了幾下，仆落到江裡去了。

這時候，白愁飛的指勁才到——原來在他向這漢子遙指的時候，已暗裡發出了指風，只是怕對方有防，故意把指風運行得極慢，到那漢子的近處，才要陡然加快，封他要穴，可是這漢子半點不拖泥帶水，話一說完，立刻自戕，白愁飛的指勁是封住了他的穴道，但他已身首異處的落入江裡去了！

所有的活口，就此斷了線索。

更可怕的是，那叫余少名的漢子在臨自殺前說的一番話，顯示了：蘇夢枕實力尚在！爲他效命的人，仍到處都是。今日看來現在正對白愁飛唯唯諾諾，唯命是從的人，說不定就是在等他日蘇夢枕一旦登高一呼，便出來爲他賣命的人！

——那麼，在樓子裡，誰才是對自己忠心的？

誰才是可用的人!?

白愁飛在勁風劃江襲來、衣袂獵獵之際，忽然想到：以前主領整個京城第一大幫的蘇夢枕，是不是也爲同樣的問題而困惑過?·苦惱過!·猶豫過!?

廿五　航機

白愁飛下令放棹回航。

他要馬上趕返「黃樓」佈署。

——既然蘇夢枕可能未死，他就得準備佈署，隨時可與蘇夢枕的反撲決一死戰。

他知道整個顏鶴髮的搜捕行動，是中了人的「調虎離山」之計了。

正在他們動員全力去追蹤那「神秘櫓公」之際，如果蘇夢枕仍然活著，必已「陳倉暗渡」。

他已喪失了追剿蘇夢枕的最好時機。

最可怕的是，他發現蘇夢枕的實力和潛力，比他所估計的（他一向不低估對手——因爲低估自己的敵人等於低估自己，看輕敵手也如同看不起自己）可怕太多了。

竟然隨時有人爲蘇夢枕死。

——像這種人，潛在金風細雨樓的，究竟還有多少？

蘇夢枕居然還逃得出去!?

——或是他根本還沒有逃出去!

白愁飛在發動這項叛變行動之前，原也栽培了一大群子弟。

——一百零八人。

本來是一千八百人的，但這一千八百個經過嚴格篩選出來的精英子弟，再經過他的精挑細選，能合用的、能爲自己效死的，只有一〇八人。

這是「完完全全屬於他的部隊」。

他的精銳。

但在這次行動裡，他卻沒動用這些人。

他假借「金風細雨樓」的人力物力財力，還有資料聯絡檔案，他得以聚合了這麼多好手，不過，他沒打算一次行動裡全都耗上。

萬一在「金風細雨樓」叛變功敗垂成，他至少還有退路；只要還有這些勢必也誓必支持自己的實力，他隨時都可以東山再起。

他這次沒動用這些人，所以才會有余少名的反噬，殺人殺己，滅口滅身。

問題是：在他的精銳幹部裡，也有沒有蘇夢枕派去的「臥底」？而蘇夢枕本身，是不是也私下跟他一樣，訓練了一大群好手，只不過不讓他知曉而已！

所以他立刻下令，速航急返，他得坐鎮黃樓，指揮調度，以防蘇氏猝然反撲——雖然他已明知蘇夢枕已性命難保，決無反擊之力了！

但他已再不能大意。

他本已夠小心了，結果，還是讓那比狐狸還狡猾的傢伙逃脫。

所以他更加不能有絲毫疏失。

他下令回航之前，已先著人把顏鶴髮的舟子翻過來仔細搜索。

——尤其是船底。

也許蘇夢枕就匿伏在船下面；就算他不會游泳，而且還斷了一條腿，但只要口含一支禾稈，他就能泡在水裡幾個時辰！

白愁飛當然不放過。

他知道一個病不死的人要比打不死的人更可怕。打不死的人是跟外在的敵人作戰，病不死的人還要對付內裡的敵人，病來病去都病不死的人，求生的意志往往比誰都堅忍多了。

可是，船底除了水位潮濕的邊沿黏了幾朵緋艷的梅瓣之外，啥都沒有。

而在急速回航期間，已有幾批人馬向白愁飛報告調查所得：

其一：追殺楊無邪的「抬派」和「海派」部隊，發現對象去了瓦子巷，而且進入了一家「漢唐傢俬舖」裡去。

楊無邪不是兩手空空去的。

他是請兩名近身手下搬了一張椅子去。

那是一張奇特、高大而古拙的木椅。

聽到這裡，白愁飛馬上就追問了一句：「是不是蘇夢枕常坐的那張椅子？」

言衷虛的回答是：是。

白愁飛自上象牙塔後，一直也感覺到「若有所失」。

——好像還少了些什麼東西？

是什麼東西呢？

原來就是這張蘇夢枕這些日子以來一直離不開了的那張椅子。

——那麼，楊無邪把這張椅子送入「漢唐傢俬店」作甚？

答案：不知道。

因爲「海派」的言衷虛和智利跟蹤了進去，馬上遭到伏襲。

伏襲他們的人都是高手。

言衷虛和智利以爲殺的只是楊無邪。楊無邪雖是蘇夢枕的得力助手，但武功並不算太高。他們帶了各五、六名手下，以爲殺楊無邪已綽綽有餘，卻不料猛遭伏襲，而且都是高手下手，言衷虛好不容易才殺出重圍，急返金風細雨樓，然而智利卻給重重包圍了……

卻喪在顏鶴髮的舟子上！

同一期間，「托派」黎井塘和「頂派」屈完，也發現了王小石的行蹤。

在這之前，「金風細雨樓」也收到訊息：王小石已在京畿出現了。

他甫一出現，就已給人接走。

接走他的那一幫人，白愁飛既仍不敢惹，也不想惹。

他們是「有橋集團」：方應看、米蒼穹這一干人馬。

至少，他在還沒有鏟除掉京城裡其他大幫大派：「六分半堂」、「迷天七聖盟」、「發夢二黨」都一一殲滅了之前，他不敢去招惹、對付這「有橋集團」。

對白愁飛而言，他反而不擔心蔡京的勢力，因為蔡京的野心是縱控軍權，掌持朝政，他們武林黑白二道的小小江湖，遠不及掌握萬里江山、萬民百姓的生殺大權來得感興趣。蔡京對武林派系、江湖勢力的染指，僅是因為不欲政敵利用在野潛藏的力量而組成反對他的勢力罷了。他要的是找一個俯首聽命於他的傀儡。

只要聽他的命令，他還不惜把這種力量扶植起來。

白愁飛一直認為蔡京和他的黨羽，是一種朝廷的力量，是可以利用的。

他要鏟除其他幫派的勢力，使自己一黨獨大，但其實他又並不十分擔憂諸如「六分半堂」、「發夢二黨」、「迷天七聖盟」、「老字號溫家」、「妙手班門」等這些門派。

——因為這些各門各派，其志在野，不在朝。

而他則不然。

他要利用幫派的實力為後盾，最終目標，還是要在朝政上大展拳腳。

也就是說：蔡京利用他來鞏固自己在武林中的實力，但他卻藉此參與朝政，左右大局，說不定有一天還能與義父別別苗頭。

他真正有所忌畏的，反而是「有橋集團」。

——「有橋集團」的主腦一開始就在朝裡有相當可觀的勢力，而又再結合武林的潛力，跟白愁飛的取向，剛好一正一反，殊途同歸！

由於「有橋集團」先有了朝廷的背景，使白愁飛十分顧忌，而又不敢輕舉妄動。他唯有處處提防這集團伸入武林中的指爪，同時也迫切要打入朝廷裡的權力中心。

他現在別說連「六分半堂」這樣的死敵尚未剪除，就是「金風細雨樓」的大局還未能完全掌握，對「有橋集團」的駸駸然之勢，唯有虎視啞忍。

所以，他不能爲殺王小石而得罪於「有橋集團」——萬一跟方應看和米蒼穹等人硬碰上了，此時此際，縱不一敗塗地，也必削弱了自己的力量，結下對前程有礙的仇家。

他生恐的是：王小石結合了方應看方面貴族的力量、以及其義父方巨俠當年在武林中深結的實力，近有米蒼穹在宮內暗結的潛力，四方大力合而爲一，那就十分可怕了。

他暫不敢去惹王小石，反而加緊提前叛殺蘇夢枕，主要原因是：他不欲王小石結合了「有橋集團」的勢力後，再跟「金風細雨樓」合併——這樣一來，王小石之勢全面坐大，蘇夢枕權力大穩，只怕自己連箇站立的地方都失去了。

他只在暗中下令：追蹤王小石。

明瞭王小石的一切動向。

結果，他在對「象牙塔」發動之前，獲悉一個大好消息，一個不利的訊息：

王小石似爲了對付元十三限的事，與「有橋集團」的人交惡。對白愁飛而言，這當然是好消息。

他巴不得他們互拚箇你死我活。

接下來的壞消息卻是：

王小石已殺了元十三限！

本來，白愁飛也不喜歡元十三限，因爲元十三限是蔡京手下大將，他不喜歡這個人，一如他心裡對天下第七甚爲討厭；而且元十三限加上他的徒弟天下第七，那實力就非常可怕了。

他也巴不得元十三限死。

可是他卻希望元十三限是死在自己手上的。

——能殺死元十三限這樣子的絕頂高手，絕對是武林史上的一個榮耀。

甚至也是白愁飛和許多江湖上新進好手心裡的一個目標。

——正如「殺死諸葛先生」，也是他們的「重大目標」之一；同樣，正道中人也以「暗殺蔡京」爲職志。

可是王小石卻先行一步，殺了元十三限。

無論是誰，能殺元十三限，便足以揚名天下、自爲宗師。

白愁飛覺得自己遲了一步，遺恨莫名，而在此際，他又不能分心對付王小石或元十三限。

一個人在一大段長時間裡只能集中精神做完一件大事。

這是他進入「象牙塔」前才收到的消息。

所以他越是激發了「殺掉蘇夢枕」的決心和意志。

他本已立即傳訊：趁王小石就算殺得了元十三限，也定必力盡筋疲，他要跟蹤王小石的屈完和黎井塘趁機暗算王小石，乘機鏟除了這個心腹大患。

可惜「頂派」和「托派」尚未下手，已給一干人打得十分狼狽。

第一個發現他們匿藏偷襲的是老林禪師雷陣雨。

他正追逐顧鐵三。

但他並沒有出手。

他只出聲。

出聲把一干也是匿伏著支援王小石的江湖好漢「叫」了出來。

那是唐寶牛、張炭、方恨少、溫柔、何小河、朱小腰一眾高手，截住了黎井塘和屈完等人，大打出手。

廿六　客機

「本來我們還堵得住的；」屈完氣急敗壞的報告，「可是，這時候，王小石出現了，還有一個女子，模樣兒長得甜甜的，但出手十分狠辣，二話不說，只用一管簫，射出神出鬼沒的暗器，放倒了我們七八名兄弟，每個人捱了一下，只不過像蚊子叮似的一點紅，但不旋踵就整個人化成一灘水，還冒起幾個泡泡！」

白愁飛聽到這兒，瞳孔收縮，道：「無夢女!?她怎會幫王小石的?」

「她放倒了我們這邊幾個人，還跟王小石討功似的招呼道：『你欠了我的情，你該還我的心。』」黎井塘也猶有餘悸的轉述道：「另外一個紅衣女子就叱道：『什麼!?他偷了妳的心!?』」

白愁飛皺皺眉：「那是溫柔吧！」

「是她。」黎井塘也知溫柔跟這白樓主也有相當的交情，但這會兒這位姑娘卻是幫著「外人」來對付他們哩，他也好生不解，「那以簫發暗器的姑娘笑說：『不是偷了我的心，而是傷了我的心。』溫姑娘就瞋目瞪著王小石，王小石就說：『那不是真的心。』溫姑娘『嗄』了一聲。王小石連忙又說：『是箭，傷心小箭。』」

「這小子竟弄到了『傷心箭訣』!?」白愁飛臉色又寒白了起來，冷哼道：「這還得了！」

隨即心忖：這小石頭一走四年，江湖走遍險歷遍，但對那刁蠻姑娘卻一如往昔，又怕又愛，這倒一點兒也沒變。

他冷笑道：「王小石已殺了元十三限吧？」

屈完道：「殺了。」

白愁飛問：「他傷得不重吧？」

黎井塘答：「不算太重！」

白愁飛又問：「他既已出現，加上他那一干兄弟都在，你們是怎麼活回來的？」

黎井塘昂然道：「我們爲完成樓主差遣，苦戰不屈，抱著大丈夫寧死不受辱的氣概，以一當百，勇挫強敵，殺出重圍，攻破血路……」

白愁飛叱了一聲：「我不要聽廢話。」

屈完即道：「王小石救了我們。」

白愁飛微詫：「他？」

屈完道：「他喝止那放暗器的姑娘，道：『別殺害他們！他們也只不過受人之命，不敢不從而已！』他也阻止他那幾名兄弟向我們動武。」

白愁飛冷笑道：「那你們就蹓了？」

黎井塘挺胸道：「我本正要咬牙苦戰，不怕犧牲，只要能執行白樓主的意旨，哪怕上刀山、下油鍋，我也不怕——」

白愁飛截問：「結果怎麼了？」

黎井塘正豪氣萬狀：「結果不重要，過程才可怕。我無畏無懼，作戰到底，死戰不懼，但是，這位屈完，他哪，嘿，卻膽怯了，打了退堂鼓……」

白愁飛眉一皺截道：「我要聽真話。」

屈完即答：「我們立刻逃命，腳底抹油的撤走了。」

白愁飛迎著江風。

他衣袂獵獵飄動，宛似風吹雲飛。

可是他一點也不心閒。

而且還志氣奇大無比，很想幹一番大事業，一展抱負，一試身手。

他今天是成功的。

他終於當成了「金風細雨樓」的總樓主。

他現在是勝利的。

他打倒了蘇夢枕。

可是他今天也是失敗的。

因爲蘇夢枕屍首未獲。

同時也是難以滿意的。

因爲王小石在他得志的同一天裡，格殺了元十三限，而且，好像還取得了「傷心箭訣」——那豈不是如虎添翼!?不行，他一定要殺掉王小石，取得「傷心箭訣」！

他爲自己有更多藉口對付王小石而氣壯。

他向屈完問道（他彷似已不願再聽黎井塘說話了）：「他還有說什麼？」——「他」當然就是指王小石。

屈完道：「有。」卻並不馬上說下去。

白愁飛瞄了屈完一眼。

屈完的眼神並沒有退縮。

白愁飛馬上就明白了他的意思，於是他把身子側了側，向屈完略傾。

這樣，屈完就可以在他耳畔低語了。

「王小石說：『回去告訴白老二，誰敢傷害蘇老大，我就要他的命！』」

白愁飛點點頭。

人已經害了。

再也沒有回頭路了。

——反正，跟王小石，已肯定是敵非友了。

他本也想過：好不好把王小石也一道拉過來自己陣營裡，使自己手上多添一名猛將！

不過，他很快認爲那是不可能的。

一是因爲王小石對蘇夢枕非常忠心，而自己對蘇夢枕十分不忠，這擺明了是對立的格局。

二是他也容不得王小石。就算王小石現在肯曲從於他，但他能保證他日王小石不會像他一樣，把自己也剷除掉嗎？

——王小石既然這樣說了，那麼，當然就等於是宣戰了。

白愁飛明白屈完低聲轉述這句話的用意。

這是留個餘地。

——要是把王小石的話大聲說出來，萬一白愁飛本不欲與王小石爲敵，又或有意與王小石化敵爲友，可是人人都知道這話已放開了，便沒有迴轉的餘地了。

他相信屈完的話。

因爲屈完是個有擔當的人。

——有時候，屈完只要據的是理，非但敢與他力爭，甚至還敢於「頂撞」。

他喜歡這種人。

——既然作爲一個男子漢，他就最看不起喜歡「御膊」的男人。

當男人大丈夫，第一件事，就是要有肩膀，敢擔當。

這樣的人，說出來的話，才有分量。

但他自己卻不知道，他這回是錯看了屈完。

屈完剛剛那一句，雖然不是說了假話，卻明明是歪曲了事實。

他希望見到白愁飛在志得意滿、躊躇滿志之時，偏是多添一些不快。

他剛看過王小石的出手：王小石雖然才跟元十三限拚了一場，既負了傷，也元氣大傷，但只隨手在地上抓起三顆雪球——小小的雪球——一顆打在黎井塘的曲澤穴上，一顆射在自己的犢鼻穴上，還有一顆，就捏在手裡，一面制止張炭、唐寶牛等人追擊，叱道：「在我手上的雪球融掉之前，你們再不走，恐怕就永遠走不成了。」

——他們能不走嗎？

黎井塘一隻手已抬不起來，屈完的一條腿到現在仍有點麻痺有點瘸。

王小石那一下子可威風了。

——這反映出自己的無能。

所以屈完很不喜歡他。

他希望白愁飛能把王小石收拾掉。

他也很看白愁飛不順眼。

——他可成功了！

但那算什麼成功？

——奪權篡位成功！

只要手段夠毒、良心夠黑、運氣夠好，誰都可以！

屈完也覺得自己沒理由身爲一個別派的負責人，還要向年輕過他十幾歲的白愁飛俯首稱臣，一一細稟恭報的。

他很不甘心。

所以他也希望白愁飛給王小石收拾掉。

他跟兩人沒仇、沒恨、可是世事往往這樣子，一個人恨你忌你仇視你，只要他看不順眼，根本不需要什麼理由。

對屈完而言，他的理由頂多是：他認為這京城武林裡的「權力爭奪遊戲」，他一直沒有插手當庄家的時機，就算有機會，也只是一種「客卿」式的「助拳」，永遠也不是「擂台上的主人」。

——那只是「客機」！

屈完卻一向喜歡當主人！

他要「作主」，而不是任人拿主意！

故此，他不喜歡王小石，也討厭白愁飛。

他當然不會表達出來。

他表達出來的只有耿直忠誠。

——像這樣的人，說出來的話，就算是絕頂聰明的人，也不會對他有所防範。

那麼，他的目的便算達到了。

其實，王小石的那句話原是：

「回去告訴白二哥，蘇老大對我們向來提攜扶植，有再造之恩，望能念結義之情，勿傷了和氣。有誰傷了蘇大哥，我們應聯合起來對付他！」

廿七　貨機

屈完這樣說，白愁飛自然相信。

他本身就一直防著王小石，他根本也沒打算放過他，甚至是因爲聽聞王小石返京，他才加速對蘇夢枕下毒手的。

要是黎井塘說的，白愁飛許或還有置疑：因爲黎井塘根本就是一個好大喜功沒擔當、阿諛逢迎愛誇口的人。

屈完就不一樣。

他很率直。

有時甚至還敢於和上級頂撞。

所以一向工於心計的白愁飛反而不會去提防這種人。

因爲他是一個聰明人。

他知道真正聰明的人才不會那麼不知好歹、直言無忌的駁斥上司。

這種人，通常都不會說謊。

通常都很値得信任。

只是，世上很多聰明人到頭來仍然受了騙，尤其容易受了老實人（至少是他認爲老實的人）的騙。

聰明人最容易犯的錯誤是：

聰明反被聰明誤。

◇◇◇

白愁飛在船未駛回「金風細雨樓」之前，在這短短的水路上，一艘快艇已截住大船，一人一竄登上。

看見這個人，白愁飛就打從心裡點了頭。

只要這個人一出現，他就知道原本存在的「問題」已不成問題了。

因爲這是個專門解決問題的人。

這也是一個他一手栽培出來的人。

這年輕人就叫做梁何。

——他暗地裡訓練了一百零八名精英，這批精英有個名號，叫做「一〇八公案」。

這一〇八名子弟，由白愁飛直接指揮，要是白愁飛不在的時候，就由另外一正一副兩個人來負責帶領。

這正統領就是梁何。

◇◇◇

他一出現，白愁飛知道強助來了——金風細雨樓那兒，局面也一定完全給梁何及「一〇八公案」子弟穩定了下來。

可是他還是扳起了臉孔。

——對付手下，不能縱容。

——一旦縱容，就沒大沒小了，命令也就不可能徹底執行了。

所以他始終不苟言笑，厲言疾色，而且賞罰森嚴、令出如山。

雖然白愁飛心裡對這些人很放心，也很得意。

這些畢竟是他一手調訓出來的心腹子弟！

不過，他卻決不把得意和放心擺在臉上。

——喜怒不形於色。

天威難測。

他在這些人面前，在開懷大笑暢懷大醉時，突然砍下了斟酒獻舞者的人頭；而在痛罵怒斥那些犯錯有失之時，卻突然加以褒獎擢升，使人完全無法抓得準這喜怒無常的領袖，心裡到底想什麼，以及到底是怎麼想的。

但在那一百零八名子弟中，他最欣賞梁何。

因爲梁何根本不去猜他想什麼。

他只做他該做的。

然後直行。

直言。

——有錯的就直斥其非，有問題便提出來討論，有事則立刻解決。

只有這種人才是能真正能做事並且能做出事情來的人。

所以白愁飛很識重他。

因此他對梁何更嚴厲。

——你要一個人才成材，不逼他退無死所、走投無路的話，那還只不過是個還未使出畢生潛力、來發揮渾身解數的小人物而已。

大人物是要逼出來的。

——有時是大時代，有時是大事情，才逼出大人物來。

◇◇◇

梁何一上得了船，畢直走向白愁飛，然後恭恭敬敬的行了個禮，從頭到尾，動作不但完美無瑕，甚至也不予人一絲可趁之隙。

白愁飛只點了點頭。

「風雨樓那兒大局可穩下來了？」

「穩。」

「蘇夢枕會不會仍留在風雨樓的範圍裡？」

「絕不可能。」

「六分半堂可有異動？」

白愁飛一直提防在他叛變行動中，鄰近的六分半堂要趁虛偷襲。

「我們已故佈疑陣，他們還在提防我們襲擊呢。」

「你還有什麼要報告的？」

「有。」

◇◇◇

梁何報的是：他已在這短短的時間之內，已弄清楚了顏鶴髮與朱小腰跟蘇夢枕三人之間的關係和恩情和來龍去脈。

顏鶴髮是「迷天七聖盟」裡的「大聖主」，可是「迷天七聖」的名位排列方式非常特殊，跟一般武林規法不同：大聖主其實是七聖中最沒實權的一個，事實上，他的武功在武林中雖已算一流高手之列，但在七聖中卻是最弱的一人。

當日，在關七神智仍算清楚的時候，已不算重用顏鶴髮。朱小腰卻本是賣身青樓的女子，顏鶴髮看她資質好，姿色更好，便贖她出來，教她武功，推薦她入「迷天七聖盟」。

他沒有看錯，朱小腰果是女中豪傑。在關七點撥之下，加上屢逢奇遇，朱小腰的武功、功勳漸高於顏鶴髮，很快的在盟裡的地位便在顏鶴髮之上。

顏鶴髮也許算是做錯了一件事：他當日確有染指於朱小腰。所以朱小腰一旦得到擢升，爬在顏老的前頭，她也算是出了一口氣，對顏鶴髮針鋒相對，不遑多讓。不過，實則她仍十分感激顏鶴髮曾予之提攜，在重大、重要關頭上，她都與顏鶴髮同一陣線，共同進退。

直至關七神智漸失，聽信五、六聖主挑撥，時常找藉口拔掉顏、朱二名聖主。最常用的方式，便是要顏鶴髮和朱小腰去對付「六分半堂」和「金風細雨樓」，甚至下令他們負責狙殺蘇夢枕和雷損。

以朱小腰和顏鶴髮的功力，要行刺「六分半堂」總堂主雷損和「金風細雨樓」總樓主蘇夢枕這等人物，自然是力有未逮的。若他們無功而退，回到盟裡，也必受嚴懲。

如果沒有蘇夢枕的暗中相助，顏鶴髮和朱小腰可以說是死定了。

有一次，他們根本已失手爲蘇夢枕所擒，可是蘇夢枕保住了他們的性命，以禮相待，更施恩惠，讓他們帶功而返，並暗中助他們對付「六分半堂」，有一回還把顏、朱二人自「六分半堂」的大包圍中救了出來，屢次使五、六、七聖主失去嚴懲兩人的理由。

所以顏鶴髮和朱小腰十分感激蘇夢枕。蘇夢枕不僅保住了他們的性命，也保住了他倆的面子。

對江湖人而言，有時候，面子甚至比性命還重要。

因而顏鶴髮誓要報答蘇夢枕。

那次長街血戰，關七慘敗，從此銷聲匿跡，顏鶴髮和朱小腰即行鼓動餘眾，大家投效「金風細雨樓」，便因此故。兩人本早就有心爲蘇夢枕效命。

由於白愁飛是蘇夢枕的親信，對此事知其原因，明白顏、朱二人是友非敵，是以，白愁飛亦曾以蘇夢枕名義暗中下令：要顏鶴髮故意帶王小石往大理獄營救張炭，並私下以話相激冷血，把張炭說成歹徒惡匪，而王小石藉金風細雨樓與刑部的良好關係硬要循裡交人，冷血當然不忿，就算放人，也要教訓王小石一番。因而引起二人一番龍爭虎鬥，致使王小石痛恨四大名捕，同意行弒罪魁禍首諸葛先生。又以蘇樓主名義授意朱小腰，特意帶王小石等到「瓦子巷」去，目睹「六合青龍」冒充「四大名捕」，強徵暴斂、欺榨良民的種種劣行，好讓王小石對狙刺諸葛先生一事，再無置疑，決不心軟。

顏鶴髮早已想報答蘇夢枕，白愁飛忽視了這段感情的前因，以爲顏鶴髮只是趁風轉舵之輩，眼見「迷天七聖盟」朝不保夕，故向「金風細雨樓」投效——照道理，一個對故主不忠的人，也不會對新主人忠心到底的。

故此，白愁飛在此次行動中，是有點小覷了顏鶴髮和朱小腰二人。殊不知對顏鶴髮而言，蘇夢枕就是個識「貨」的人，而且禮待他，予他「機會」，給他「面子」，而今「時機」來了，他自然不惜粉身以報蘇公子的恩典。

廿八　上機

白愁飛的船才抵岸，梁何又來報第二個「發現」：那是剛才殺顏鶴髮滅口的「風雨樓」弟子余少名的生平資料，還有他友好關係的分析。

這些資料當然都很有用。

白愁飛正是要靠它來找出還有些什麼人是效忠於蘇夢枕的，他要一一除去這些樓子裡的敵人。

他覺得十分滿意。

當然他並不把這種「滿意」表達出來。

——一旦「滿意」了，別人日後就會知道用什麼方法來討好他，同時，也會驕傲起來，覺得自己已做得夠好了，只要開始有了這樣的想法，就很可能跟著就想「取而代之」了。

所以他沉住氣、扳著臉、瞪著眼、皺著眉只問：「你應該先去查一個人。」

「班搬辦？」梁何即答：「我已著人調查了。」

——雖然蘇夢枕這一次逃命的機關包括了「蜀中唐門」、「老字號溫家」、「江南霹靂堂」的絕活兒，但機關隧道，主要還是成於班氏門下之手。

——要是可以把班搬辦找出來，自然就會知道通道的出口、蘇夢枕的下落了。

「班搬辦離開『金風細雨樓』後，確曾回到『妙手班家』，替班門老大班超新建造墓陵，後似跟班家最掌實權的班仁馬不和，據說已給山東『神槍會』的人網羅了過去，近年銷聲匿跡，不知所蹤。」梁何報告到這裡，頓了一頓，接道：「我還會派人追查：是誰招攬班搬辦入神槍孫氏那一脈的，也會查箇究竟：班搬辦到底人在哪裡？是死是活？跟蘇夢枕還有沒有來往？」

白愁飛一面負手往「黃樓」行去，一面沉吟著問了一句：「班搬辦有沒有親人？」

梁何答：「有。」

白愁飛問：「什麼親人？」

梁何道：「他父親早歿，還有老母和一個哥哥、一個妹妹。」

白愁飛道：「他沒娶妻麼？」

梁何道：「他一向都跟人說：入得了江湖，就像出家一樣，越少牽掛越好。他那一系，在班門中最是單薄。」

白愁飛道：「再怎麼單薄，他還是有家人的，有家人就好辦了。」

梁何肅然道：「是。」

他一直佩服這個向來栽培他的人，因爲從這人的一舉一動、一言一談，都可以學得許多他還未能把握嫺熟的事物。

白愁飛眼見「黃樓」在望，他忽止了步，仰首負手，望向樓上飛簷，悠然問：「班搬辦在江湖上外號是什麼？」

梁何馬上就回答了：「早年武林中人稱之爲：『五鬼搬運，神出鬼沒，遇上他沒辦法』，近年江湖上只簡稱之爲『班師』而不名之。」

白愁飛點點頭。

聽到梁何的報告，他內心裡也受到衝擊。

衝擊力是來自他手上有梁何這樣的人物。

——這等新秀，只要假以時機/時日/時勢，很容易便會超越自己，甚至萬一不慎，要取代自己，也在所不難。

但就是要有這樣的部屬，自己的勢力才能壯大，組織才有前途；他還沒有想到的事，部下替他想到了；他仍沒做到的事，手下替他做到了。這才是真正有用的屬下。

只惜有用的人才往往也是危險的人才。

白愁飛見梁何如此心細精明，對要追查的人之身世履歷和相關事物，調查得如此鉅細無遺，他心裡高興，慶得人手，但也暗裡警惕，戒心大起。饒是在此際遽變萬端，需要他集中精神一一應付之際，這意念依然如電光火石，白駒過隙，一閃而過，而又一再隱現，迂迴不去：

——內奸比外敵更可怕！

——家賊比強盜更難防！

——「六分半堂」的總堂主雷損是怎麼給幹掉的？那是因為他誤信了郭東神，以為那是他一早派出去的「臥底」，予以重任，不再提防，沒想到卻著了蘇夢枕的「反臥底」，使雷損一敗塗地、慘死當堂；而今狄飛驚和雷純雖在力撐大局，但「六分半堂」盛名氣勢，可謂已遠不如四年前了。

——前宰相傅宗書是怎麼死的？那是因為他相信王小石會為他狙殺諸葛先生，以致反而慘死在王小石的「倒戈一擊」之下！如此說來，他也算是死在一個「臥底」的手裡；如果他不信任王小石會為他行刺諸葛，便斷不會對王小石不加設防。

——「迷天七聖盟」何以衰敗？關七神智漸失是一個主因，但重大的原由可能是：關七後來太信任加盟的五、六聖主。這五、六聖主到底是什麼人？究竟是什麼來歷？誰也不清楚。但自從他們當政坐大之後，「迷天盟」搞得雞犬不寧，內鬨頻生，也是因爲「自己人」而累了大局／大勢／大好前程！

——至於眼前的蘇夢枕，爲何遭致慘敗，生死未卜?最重要的一個原因，便是他信任了自己！

臥底！

——這是最可怕的兩個字。

不怕外面侵襲，至怕自內腐蝕，這才是無可救藥的。物必先腐而後蟲生。「臥底」先是表面上跟你認同、看齊、同一陣線，直至他完全跟你融合成一團體裡的一份子，然後，在適當的時機，他才來分化、異化、改革、革命，最後還要了你的命，毫不著力的取代了原來的權力。

敵人要對付你，不管勝敗，都可以招架、反擊，他在攻擊你之際同時也有破綻讓你有機可趁。臥底則不是。他在暗處你在明，只有你信任他，他在安全的位置，在你對他推心置腹的時候來暗算你，讓你死不瞑目，措手不及。所以最可怕的敵人是臥底。當你發現他是「臥底」的時候，他多已有足夠的能力「起清」了你的「底」。只要有一日「臥底」騰身「上」了「機會」，或把握住絕妙的「時機」，那就像雷損、傅宗書、蘇夢枕崩敗逃潰之時，也可能是自己也要面臨的危機。

白愁飛微微咬牙。

他深呼吸。

氣入丹田，化成一粒白球，溜圈起伏，凝聚分閤，這時候，他的頭腦就覺得特別清晰。

他也在這萬緒千頭之際，暗自下了一個決定：

要提防自己的手下，必要時，殺掉幾個有用的手下，也好過有一天養虎爲患使自己英雄無用武之地。

——他決不讓「臥底」「臥」上了他所辛辛苦苦創造出來的時勢與時機。

他可不是蘇夢枕。

蘇夢枕愛材，求才若渴。

他愛的是權。

如果任何人材威脅到他的權力，他就當是一堆廢柴。

——柴是拿來燒的。

他自己才是山上唯一的大樹。

不惜樹大招風。

他手上只要草，不要千喬萬木齊碧深。

海納百川，有容乃大；山高千仞，無欲則剛——白愁飛有極大野心，當然有欲，而且欲求奇強；可是他如要成大局、辦大事、創大業，若無胸襟以納世上豪傑精英，不能有容又如何有大氣局／器局／格局呢？

白愁飛可不管這個。

他認爲世上有兩種人材：

一種是聽話的。

一種是不聽話的。

他只要第一種。

他要清除掉第二種。

問題是：一味唯唯諾諾，俯從逢迎的，到底算不算人材？這種人在遇難遇事遇考驗的時候，究竟會不會盡忠赴難、義無反顧呢？

白愁飛不知道。

他也不管這些了。

他做事的方法跟蘇夢枕不同。

方式也不一樣。

——所以天底下事，交得知心好友，真是可遇不可求，而用人，尤其是任用能材能人，卻最是困難。

廿九　舊機

「綽號是一個人的總結，不管那是對的還是錯的總結，但那畢竟是個總結。」白愁飛心裡想了許多，但也不過是瞬間的事，誰也不知他想了什麼，而且已下了什麼決定。「你應該根據他的外號追查下去。」

梁何一時未能全然理解：「外號……？」

「如果一個叫『金剛不壞』，那麼，就一定經過苦練，武功走剛猛那一條路線，不近女色，而且要找到他的罩門，才好對付。假如一個人叫『獨臂神尼』，你先要弄清楚她斷的是哪一隻臂？是怎麼斷的？如果是給人斫的，那究竟誰是她的仇家？她在哪一家廟裡掛單？為何出家？找到這些，往往就能找到對付他的方法，甚至也能找出他的行蹤。」白愁飛道：「班搬辦既然叫做『五鬼搬運、神出鬼沒、遇上他沒辦法』，他的輕功、匠藝和陣法自然差不到哪裡去，這點在對付他的時候自要當心留神。人稱他為『班師』，可以想見他從早年的好大喜功轉為近年的以簡就繁，而且顧名思義，自然便有不少服膺於他的弟子，找出他離開班家的原因，找他的對頭班仁馬聯手，找他的弟子下手，班搬辦就搬不了哪裡去，辦不了什麼大事。」

「是。」梁何領悟了。他跟在白愁飛身邊，獲得權力的喜悅還在其次。像他這樣的人材，他頗自信到哪裡去都受人重視。但更可貴的還是從白愁飛身上，不管一言一談、一舉一動間，學得了不少事理。這才是他最重視珍惜的。「我曉得了。」

「還有一個線索，」白愁飛冷然道：「你遺漏了。」

梁何神色不變的道：「你指的是余少名？」

白愁飛心中一凜：啊，他居然也留意到了。

但只冷笑一下，問：「他受誰的指令？跟誰同夥？這是毒根病灶，務要查清楚。」

梁何恭聲道：「這事情我也請人查了。」

白愁飛道：「誰查？」

梁何恭謹的應道：「孫魚。」

白愁飛即道：「傳。」

孫魚馬上來了。

孫魚比梁何更年輕，神志更畢恭畢敬，眉粗、眼小、臉上常帶著笑意，臉上也常長著痘子。他腰間配著一把短刀，刀鞘上的裝飾十分精緻溫柔。

他的報告比梁何更簡潔，語氣也更謙恭。

「稟告樓主：余少名原隸屬於刀南神的『潑皮風』部隊，我們已找人盯梢他較有往來的三個朋友，也撥出人手去監視他的家人了。請示樓主，我們該怎麼做？」

白愁飛道：「余少名那三個密友，若能提供線索的，立即逼他們說出來。不肯說的、不辨忠奸的、不立場分明的，一概殺了滅口。殺錯了不是罪過，留著可能使自己受罪的才是愚蠢！」

孫魚稽首答：「是。」

白愁飛問：「你會怎麼處理這件事？」

孫魚即答：「我先向梁大哥請示。」

白愁飛道：「我要你負責這件事，馬上回答。」

孫魚立刻就道：「我先向余少名的家人和近友逼供，不管肯說還是不肯說，全都殺了。我會造成那三人是自相殘殺，而余家的人是那三人殺的。」

白愁飛點點頭，有意無意的瞟了梁何一眼，問：「殺人的理由呢？」

孫魚眼光閃動了一下，「我會請示梁舵主。」

白愁飛截道：「我要你說。」

孫魚立即就道：「我會放出風聲，余少名結夥謀叛蘇前樓主，由白樓主除了這個大逆不道的東西。他三個同黨驚恐之餘，相互滅口，連同余家的人一併殺了，但白樓主仍姑念舊義，厚葬他們——這個，還要樓主您的批示。」

白愁飛橫睨了梁何一眼。

梁何站立的步姿略有些改變，但神態仍恭敬如常。

白愁飛這才向孫魚道：「很好。就照這樣辦吧。你以後多跟著我。」

梁何馬上很爲孫魚欣慰慶幸的道：「小孫子，白樓主這是要重用你了，你這是幾生修來，還不謝過！」

白愁飛卻已一路往「黃樓」步去。他倒肯定了一點：梁何與孫魚之間的信任已給他成功的離間了。

爆炸過後，地上殘磚碎瓦，造成不少障礙，亂石崩雲，一時不易收拾清理。這時際，他有很多事要做，百事須廢，萬事方興，而又千頭萬緒，一髮千鈞。

他原有大志，除了要奪蘇夢枕的大權外，他還要改革。

他不滿蘇夢枕把組織囿限於江湖格局中，不思上進。

蘇夢枕認爲一旦將幫會與朝廷黨派掛鉤，幫會就會失去了原來的特質，不純粹了，變成了宦官朝臣的鬥爭工具，什麼行俠仗義、替天行道全都成了權臣之間的劊子手、殺手和黑手而已。

白愁飛則不同意。

他認爲要利用朝廷的力量。若從軍方遞昇，這是正路。但此値兵荒馬亂，朝廷與外敵交戰求和，表裡不一，在這時節，能戰的和人才，往往只成了犧牲品。白愁飛要藉幫會的勢力，與朝廷討價還價，晉身宦途，一搏功名，搖身一變為縱橫捭闔於朝野的武林人物、朝中大將。——至少，也要像諸葛先生那樣，但要比諸葛小花聰明，須掌實權，藉此號令天下武林，反而是捷徑。

他要改革「金風細雨樓」，並且用「風雨樓」的實力，來壯大他在朝政的影響力。

他要做第一流人物。

他非但要「金風細雨樓」繼續成為京城第一大幫，而且還要成為江湖上、武林中、黑白兩道第一大勢力。

他認為蘇夢枕的眼光太淺窄了。

蘇夢枕不想去招惹京城以外的江湖恩怨；可是，你若不夠強，別人一旦壯大了，就會來惹你。與其這樣，不如以惡制惡，先下手為強。

穩守、勇退、自保，這都是陳舊了的時機。真正的轉機，是在危機裡覓。

對蘇夢枕在「迷天七聖盟」和「六分半堂」的鬥爭裡，「金風細雨樓」一旦佔了上風，蘇夢枕便下令不許趕盡殺絕，留人一條路，日後好相見。白愁飛卻認為這「機謀」太過「守舊」。

——「舊機」！

他曾勸過蘇夢枕。蘇夢枕卻說什麼：「不要逼虎跳牆。你要斬草除根，只會逼得所有殘敵都聯手起來，背水一戰，那時，可連原先的基業都保不住了。而且，京裡一旦一統於一幫一派，有人會看不順眼，高處惹寒，樹大招風，目標太顯，遲早一定給人連根拔起。」

可是白愁飛卻不怕這個。

首先，他先與朝中最有勢力的人聯成一線，便不怕給人抽後腳了。至於「迷天七聖盟」、「發夢二黨」、「六分半堂」，若不趁他們敗潰積弱時一舉打殺，永不超生，一旦他們恢復元氣時，定必東山復出，捲土重來，那時候，若輪到金風細雨樓招架不住，敵方可不見得會放一條生路哩！

所以除惡務盡，殺敵無情。

白愁飛要把「金風細雨樓」變成京師第一大幫，天下第一大派。

俟羽毛已豐，實力已足，他再除奸去惡，爲國殺敵，以搏萬世垂譽！

他要一步一步的來，按步就班，把「金風細雨樓」搞上去。

可是他眼前最急的第一步：就是要蘇夢枕的命！

蘇夢枕一日不死，他的總樓主位子一日不保！

可是蘇夢枕人在哪裡？

到底他是不是仍然活著？

白愁飛還想到一個可能：

如果蘇夢枕確是死了，只要他讓自己的屍身永不顯現，或索性給炸得粉身碎骨，那麼，自己一天沒見到他的屍身，便一天食不安、寢不樂、樓主當得不穩當，自己豈不是一輩子賠了給他的陰魂不散了？

想到這裡，白愁飛那面對數千名近身弟子恭迎他入掌黃樓的笑容，像吞了一粒帶刺的蛋黃一般苦澀。

——蘇夢枕，你活著時騎在我頭上，死了還要充老大？

白愁飛一面走著，避開一些潰椽殘柱的路障，一面洒然接受弟子們英雄式的歡呼稽禮。

梁何跟在他後頭，落後一個肩膊的位置。

孫魚又跟在梁何後面，更落在一步之遙。

兩人都很謙卑。

誰都不敢沾光。

不敢掠美。

白愁飛依然有留意他們：他喜歡注意一個人失敗和得意時的表現。

他認爲失敗時當然要遇挫不折，屢敗屢戰，否則就不是男子漢了。遇上敵手自然要遇強愈強，百折不沮，否則就不是高手了。但一個人在志得意滿之時，還能不卑不亢不自滿，這才是難能可貴、前途無可限量的厲害人物。

他觀察梁何、孫魚。

因而忽覺這情景有點眼熟。

——那就像當年蘇夢枕與他和王小石初遇，一道反攻破板門正面打擊「六分半堂」的時候！

他又覺得某事物有點眼熟。

刀。

孫魚腰畔有刀。

刀柄鑲上寶石，刀鞘金亮溫柔。

他忽然眼前一亮：

他想到如何把蘇夢枕「逼」出來的法子了！

——只要蘇夢枕還活著，他不愁迫不出他來！

他深深記取蘇夢枕曾經告訴他的一番話：「真正的友誼是沒有親疏之分的，難道你會因爲某人砍了你一隻尾指而不是食指就感謝他嗎？殘害便是殘害，朋友就是朋友。出賣者一定會出賣你，是兄弟的永遠是你的兄弟。」

對這一點，白愁飛也有個原則：

——你最好跟人結成朋友，不要爲敵。就算你要對付他，也不必讓他知道。一旦他已知道你要對付他，那就不能放過他，否則，一有機會，他就會對付你。

他要除掉蘇夢枕。

蘇夢枕已經知道了。

事已無轉圜餘地。

如果要蘇夢枕和他的兄弟、部屬、朋友不圖反撲，唯一個方法，就是要蘇夢枕沒有翻生和翻身的機會！

誰支持蘇夢枕，誰就是他的敵人，不管他是誰！

想到這裡，他走著，忽然踹飛阻在他腳前的一顆石頭！

石頭直飛。

射在牆上。

石碎。

牆凹陷了一個大窟窿。

——小小的一顆石子，藉他一腳之力，竟在堅固的厚牆的根基上鑿下了個極爲深刻的痕印。

白愁飛沒有去注意這不大不小的痕跡。

他的心志很高揚。

在歡呼聲和拍掌聲中，他飄動的衣袂宛若飛仙，彷如一步一層樓。

雖然仍有一點挫折。

雖然還未圓滿。

但他已勝利。

至少已在勝利中。

而且還正往更大的勝利邁步。

無論多惡劣的環境——多無情的考驗，他都一定要出人頭地，一定要反敗爲勝。

對白愁飛而言，想飛之心，永遠不死……。希望是有翅膀的。羽翼越長越壯，就會飛得越高、越久、越自在。

稿於一九九一年七月，考獲本地及國際駕駛執照。

校於壬申年暑，飛赴慶賀無敵小寶寶生辰。

三校於九三年三月廿九日，成為BIC會員。

第二篇　溫柔的柔

——美麗女子最殺人不見血的手段就是：溫柔

「我是個女子。我要的是溫溫柔柔的一起開開心心，而不是辛辛苦苦的去轟轟烈烈。」

——「金風細雨樓」白樓頂「留白軒」中溫柔的說話。

第一章　我和她是一個句號

卅　新機

應當如何追求那女子，這事忒教唐寶牛費煞了周章。

唐寶牛一向都認爲：像他條件那麼好的英雄好漢大丈夫，論儀表他相貌堂堂，論氣宇他何止不凡，論機智他簡直天下無雙，論心地他恁的古道熱腸，論文才他也可算滿腹經綸，論武功他更是——雖然還不是武林第一，但也差不多了，以他這樣一個既沒撿到希世秘笈，也沒有神秘高人授予絕世武功，他只有一個一個師父拜、武藝一層一層的練上去，這麼年輕（他總是覺得自己還十分年輕，跟十幾歲沒啥兩樣——雖然他現在只是十幾歲又百多個月的實際年紀）已練得那麼高強，只因爲他太謙虛了所以並不自大，但自滿一些也理所當然，實至名歸耳。

根據以上種種條件，該當是美女主動向他投懷送抱，而不是他去主動想辦法「追求」女子。

這是不合理的。

也是不合「法」的。

他甚至還認爲簡直「沒天理」的。

只是，這世上，苦命的他，怎麼老是碰上「沒天理」的事！

當然，這世上，有許多事本來就十分「沒道理」的，唐寶牛覺得他來世上高來低去的走這一趟，就是要替人「評評理」——他當然絕對不在乎「評理」的方式是用拳頭來「評」。

有次，沈虎禪問他：「當你自己也搞不大清楚道理何在的時候，你怎麼替人評理？萬一搞不好，你自以爲是，理直氣壯以武力欺負了老實人，還要勞別的俠士用『拳頭』來還個公理給你呢！」

唐寶牛的回答是：「我搞不通的道理，便不會亂揮拳頭。除非是惡人欺人，我才以惡制惡。別人踩我腳趾，我就砍他尾巴。別人要是跟我講理，我就跟他講到底。講不過他，我也一定認了。欺人的我才欺他，動武力的我才用武力解決他，這樣我才不致打錯好人、殺錯良民了。」

沈虎禪當時就點頭道：「我們習武的人，本身就像一件利器，最重要的不是懂得如何傷人殺人，而且要知道怎樣自制別亂殺人傷人。你能節制武力，才算懂得武功，否則，只是爲武力所役，跟禽獸的淩牙利爪沒啥兩樣，甚至更糟！」

這件事，唐寶牛當然也不能用武力擺平。

你叫他怎麼能用一雙拳頭便叫一個女子喜歡他？

愛情是不能勉強的。

這是誰都知道的道理。

可是當你喜歡一個人而又得不到她的愛情的時候，再聽這個道理，恐怕就會同意得十分勉強了。

唐寶牛也跟大多數失戀、單戀、暗戀的人一樣，想來想去，抓破了頭皮，也還不明白她爲何沒看上自己？爲什麼沒喜歡自己？爲了什麼沒發現自己喜歡上她？

終於，他想到一個理由了。

絕對有道理的理由。

十分有可能就是這樣子。

所以他就找一個知心朋友說了。

他的知心朋友是張炭。

他請張炭上館子吃飯，未叫菜前先三十盃酒下肚，然後傾吐心事。

「我終於明白她爲什麼一直都沒明白我的意思了。」

「爲什麼？」

「我一直以爲她不喜歡我，或者我表達得不夠明顯，現在想來，完全是錯的。」

「到底什麼才是對的？」

張炭很心急。

看到張炭很著急的樣子，他就很開心，畢竟，這兒有個朋友是真的關心他的，不止關心他個人，更關心他感情的事。

「我發現——」

他說，

「原來……」

他繼續道：

「事情是這樣的：」

他慢條斯理接道：

「她也是暗戀著我。只不過，她不好意思說出來罷了。所以，只好假裝不曉得我的心意了。」

然後他以一個「了悟」的最高境界：「眾裡尋她千百度，驀然回首，那人卻在燈火闌珊處」的喜悅感、成就感和相知感問張炭：

「怎麼樣？你驚訝吧？同意嗎？是不是只羨鴛鴦不羨仙？為我們感到惋惜？你覺得我現在該怎麼辦？」

張炭黑著的臉這回終於有了一絲血氣——「你終於說到分曉了。」

唐寶牛微微有些歉意，「不好意思，要你乾著急了一場。」

張炭勸解道：「沒關係，到底還是說完了。」

唐寶牛懇切的道：「但我還是需要你的意見：我現在該如何著手才好？」

張炭也很誠懇的道：「現在？只需要辦一件事就好。」

唐寶牛急問：「你說，你說。」

張炭有點期期艾艾：「怕說了掃了你的興。」

唐寶牛更急：「咱們是老友，也是好友，有什麼好避忌的！請你儘說無妨。」

「好吧。」張炭只好說了，他也真不吐不快：「快叫飯菜吧，我餓了，真的很餓很餓了。我都不喜歡喝酒，你盡叫酒幹啥？我可是越喝越餓。我怕你還真講箇沒完沒了，真不知何年何月何時何刻才能吃飯！」

唐寶牛失望極了。脾氣也隨著失望高升。

「你這飯桶！」唐寶牛氣虎虎地道，「你除了關心這一頓飯，還關心什麼!?」

「除了這一頓飯，當然關心的是下一餐飯了！」張炭彷彿這才發現唐寶牛臉色不對，奇道：「怎麼了?你像八天沒飯吃偏看見人把熱騰騰的飯倒給狗吃的模樣兒的，沒事吧？」

◇◇◇

沒事是假的。

唐寶牛覺得自己沒遇上知音。

——當你找到一個不是知音的知音傾吐碰上一鼻子灰之後，該怎麼辦？

唐寶牛的應對方法很簡單。

他馬上再找一個：

方恨少。

天底下有的是人。

朋友是交出來的。

如果朋友沒跟你共患難，不要尤怨，先問自己有沒有與朋友同富貴，要是真的是他對不起你，犯不著跟他要生要死，再去交個新朋友好了，舊朋友不一定就是好朋友，新朋友不一定就比不上老朋友。

只不過，酒是舊的醇，朋友就像常穿的鞋子，還是老的貼心。

唐寶牛這個人身無長物，但有一樣絕對是在所多有的。

那就是朋友。

——可惜不是銀子。

也不是女人。

至少，唐寶牛在沾沾自喜有這麼多好朋友之餘，缺少這兩項，心裡也不無遺憾。

方恨少聽了唐寶牛的傾訴之後，呷了一大口酒，沉吟了好一會兒，皺著柳眉兒，鼓著腮幫兒，屈指在桌上敲著，像苦思什麼難解之策。

唐寶牛這倒急了，問：「大方，你看這事……？」

方恨少搖了搖頭，欲言又止。

唐寶牛變了臉：「你說我還有沒有希望？」

方恨少臉色難看，唰地張開摺扇，半遮著臉。

唐寶牛見方恨少支支吾吾的，便鼓起勇氣問：「你這到底是什麼意思？難道你也……喜歡上了……朱姑娘不成！」

方恨少這回終於忍不住了。

「嘩啦」一聲，酒吐得一地。

大部分，還濺灑在唐寶牛臉上。

唐寶牛楞在那兒。

方恨少卻笑得支格支格的，伏在桌上，抽搐不已，活像斷了一半的氣。

唐寶牛怒叱道：「你笑什麼!?」

方恨少仍笑得上氣不接下氣。

唐寶牛此可忍孰不可忍也，他可光火了，一腳踹飛櫈子，指罵道：「姓方的，難爲我還當你是朋友，你敢笑我！」

張炭這時已快把飯吃完了。

所謂「快」，是他已吃了十八碗飯，所剩下的，還只是他鼻上的一粒白飯。十八碗飯下肚，他就「氣定神閒」多了。

一個人肚子飽了之後，話特別多了，人也比較容易多管閒事些。

於是他便有意無意的說了一句：「大方不是笑你。他是給酒嗆著了。你不知道他是一向不勝酒力的嗎？」說完了，他的長舌一舐，把鼻尖的飯粒也捲入嘴裡去了。

唐寶牛聽了這話，這才下了半火，卻聽方恨少仍笑得稀巴泥似的，鼻子都皺起了蜻蜓點水般的摺紋，上氣不接下氣地說：「我……我……我是笑他哪——」

唐寶牛一手就把方恨少揪了起來，虎目凸瞪，咬牙切齒：

「你——！」

方恨少仍在笑。

他一面笑一面用扇子敲敲對方青筋賁突的手臂，趁笑得七零八落、餘波未至之際，半滑稽半認真的說：

「我是笑你。你別生氣。朱小腰若不是壓根兒沒鍾意過你，就是根本不知道你喜歡她。你這回兒可一直是白喜歡了人家了！」

唐寶牛不解：「什麼!?」

方恨少笑歪了褚帽，連忙扶正，這一分心，才算笑平了氣，道：「你毋勞氣，且聽我說。你可有向朱姑娘表示過愛她的意思？」

唐寶牛滾圓的眼珠兒轉了轉，老實的答：「沒有。」

方恨少問：「你不向她表達，她又怎知道你愛她？」

唐寶牛不禁鬆開了本來緊抓方恨少的衣襟：「是呀。」

方恨少整理了一下襟衽，又問：「這些日子裡，她可有向你表示？」

唐寶牛詫問：「表示什麼？」

方恨少「哈」了一聲：「表示她喜歡你啊！難道向你表示她有了你的孩子不成！」

唐寶牛一下子掙紅了臉，頓時脖子也粗了：「你、你別侮辱她！」

「好，好，」方恨少用紙摺扇輕敲自己薄唇，道：「算我不是。那麼，她可有向你表示過她鍾情於你？」

「這……當然沒有。」唐寶牛期期艾艾的說，然後又馬上補充：「目前還沒有。」

「這便是了。」方恨少一副密謀軍師、扭計師爺，胸有成竹、勝券在握的說：「你當前要務，就是捨卻舊法，創造新機！」

唐寶牛不明白：「新機!?」

「新機！」方恨少一副老經世故的說，「做人做事追女子，沒有新機，就白費心機了！」

卅一　妙機

於是方恨少「教路」：

「追女孩子，亙古以來，不外幾種辦法。」他以一種得心應手得近乎「呻吟」的道：「好的辦法，只要管用，其實一種就足夠有餘了。」

唐寶牛聽到這裡就心急了：

「好的話也不需要多說，有什麼直截了當說了便是了。」

方恨少立時表達他的不滿意：「你老是插嘴，到底是你教我還是我教你？心急的狐狸吃不到熟葡萄。把朱二姑娘追上了手，到頭來是誰逞了心願？對師父這般無禮，看師父還教不教你？」他倒老實不客氣的當起唐寶牛的「師傅」來了。

這回一向桀驁不馴的唐寶牛倒立即「受教」，垂手道：「好好好，方夫子教，我聽就是了。」

「第一種，就是水火互濟，陰陽合璧。」方恨少這才感到滿意，所以也志得意滿的「授課」了：「那就是表達你的剛，吸引她的柔。她再怎麼強悍，都是個女子，心裡還是需要男子漢的保護。一旦讓她知道你是個頂天立地的大丈夫，她就會芳心暗許，萬丈深情均化作繞指柔了。

他轉首嚴峻的問唐寶牛：「問題只在於你了。」

唐寶牛正聽得眉飛色舞，突見方恨少幾乎是鼻子貼近他鼻尖、口氣噴著他的嘴巴、眼神幾乎要強灌進他的眼睛裡的說，「問題乃在：你算不算得上是個大丈夫！」

「嘿嘿，不是，不是！」唐寶牛呼著大氣，牛般的大目返視回方恨少：「我不是？那麼，天底下就沒有真丈夫這回事了！」

方恨少聽了倒吸一口涼氣，給唐寶牛的大口氣迫退了一步。唐寶牛「乘勝追擊」的追問：「怎麼了？我怎麼讓她知道我是個如假包換的英雄好漢？總不能刮她兩記耳光再來安慰她吧？」

「很簡單。」方恨少胸有成竹說了四個字：

「英雄救美。」

唐寶牛一聽這四個字，就立時陶陶然入了迷，半晌才記得問：「怎麼救法？」

「『迷天七聖』和『金風細雨樓』不都恨透了朱小腰嗎？他們定必要剪除這個叛徒的；」方恨少慢條斯理的說，「你表現英勇的機會還會遠嗎？」

唐寶牛用手大力摩娑著下頷，他覺得自己雄豪的鬍髭正在裂土而出。

方恨少則覺得自己的腦汁每一滴都是金色的，現在每一滴都凝固成金光。

兩人相視而笑。

呵呵呵呵。

——這是一種預祝成功的笑，只不過，唐寶牛是笑他自己必然能成功的當一個救美英雄，方恨少則笑他自己實在算無遺策太聰敏了。

倒是在他們身邊不遠處的張炭和蔡水擇面面相覷：

「怎麼？大方居然是戀愛專家麼？我怎麼不知道。」

「我也沒聽說過。我只知道他失戀過好多次，傷心過好多次，他自己也遺忘他的失戀和傷心有過多少次了。」

◇◇◇

朱小腰的美，向來帶點倦慵。

她的頭髮略為蓬鬆，星眸半闔，像她還未完全睡醒，而且眼底裡還藏著一個以上的夢，你若在這時候跟她交談，但不單是在跟她一半醒著的神態對話，還得閱讀她另一半未醒的夢。

朱小腰總是無心的。看人一眼，是無心的。專心吃著東西，也無心的。她穿的衣服，令人適然的感覺，不過那也只像是無心造成的。甚至連她的生命都是無心無意的。

她也常常跟人說：「我？我是個沒有心的人。」

顏鶴髮命喪天泉湖後，她沒有呼天搶地，也沒矢志報仇，看來顏鶴髮的死並沒有在她心坎裡造成什麼激盪。只不過，從那時候開始，別人覺得她依然穿著她向來愛穿的寬袍大袖時，卻讓人覺得她比平時伶仃，比平日孤寂，比平常有一種「哀莫大於心死」的感覺。

朱小腰依然故我，她對什麼事（和人）都不依戀，她曾跟何小河說過：「人生一世，匆匆荏苒，便過去了，什麼都不許依戀，這樣才不會傷人傷己，對誰都會好過些。」

她沒什麼嗜好，只偶然走走寵物店子，去看看鳥兒、狗兒、貓兒甚至蟋蟀、蚱蜢、蠶蟲兒。

隔鄰就是花店。

可是這女子彷彿不喜歡花，她一次也沒有進去看過花、買過花。

「花這麼美，人絕對比不上，看了會自卑，不如不看。」朱小腰跟溫柔曾經說過，「買花是不好的事情。把活生生的花硬折了下來，就算用水養著，不數日也凋謝了，多傷人情。要是種花，太費神了，這種心我費不起。」

她寧可觀賞活蹦蹦的寵物，不過她也只是看，不買，不養，不帶回家。

但經過瓦子巷的時候，她總會過去看看。

看看那些黃嘴藍翅膀的鳥兒。

看看那頭眼睛靈得會說話的狗。

看看那隻翻著緋色肚皮睡覺的懶貓。

她也要看看店裡買寵物的人，那家人都很妙，他們一面吵架一面做生意，跟貓狗豬牛雞鴨聲鬧在一起，成爲一種渾然而成的天籟。

她喜歡這種吵雜囂煩的聲音。

這才像在人間世。

她也喜歡這兒的氣味。

一種什麼味道都有的味兒。

喜歡這光在嘴裡罵得要生要死，但從不致傷害彼此感情的一家子。

所以只要她經過這兒，總是要進來轉一趟，已成了習慣。

她覺得這兒別有天地。

自有一股機趣。

妙機。

卅二 扳機

她每次來這兒，不會將任何一隻貓，一隻狗、一隻小鳥買回家去，但卻都做一件事：她一定按一個扳機，放走一隻小動物，不管那是一隻松鼠、一隻鸚鵡、還是一條魚。

——當然，她已事先付了帳。

不過，她決不承認那是「買」的，她的目的旨在「放生」：

「沒有任何人可以用錢買下任何生命。生命是平等的。佔有另一個生命，不管用什麼代價和力量都是不公平的。生命只屬於他自己的。你可以殺死一個生命，但不可以把對方的生命變成你自己的。我只是用錢換回牠們應有的自由，所以，我並沒有『買』下牠們。我買不起。」

有一次，唐寶牛見她那麼喜歡小動物，就問她何不一口氣全都「買」下來抱回家去養，朱小腰就說了這樣的話。

當然，朱小腰也沒把心裡的想法說得很清楚。基本上，一個人心裡真正的想法，也只有她自己最爲清楚，有時候，甚至連自己也不一定弄得清楚，是以才有

「外敵易滅，心魔難禦」一說。

朱小腰出身青樓，得顏鶴髮另眼相看才得以離污泥而成蓮，她本身就爲「能以銀子買一個女人的身體」的事感到十分不平和憤怒，也曾在惡劣的環境中絕望的掙扎過，所以她更恨透了樊籠裡的生活。

所以，她對這些小動物被困於囚籠之中，最想做的事，就是將牠們放了。

她一個人，不能放盡所有的動物，她唯有在可能的情形下，每一次去，放一隻。每一天放一隻，這是她能力所及。她不做她能力所不及、徒勞無功的事。

由於錢她已先付了，「小作爲坊」的人都習慣了她的奇怪舉止，大家都引以爲常了。

——人就是這樣，更奇怪的事，只要天天發生著，也就不可怪了；同樣的，本是正常不過的事，只要罕有少見，一旦發生，大家都會大驚小怪。

她每天到「小作爲坊」，只要一按扳機，便「釋放」一隻動物。

有時候，她一次過去店裡，便選定了幾隻動物，告訴了店家，然後安排逐日放生。這樣，她便有「每天做一件好事」的感覺。店家把她選定「放生」的動物，預先收了銀子，然後放到一個特定的地方（以防給其他客人誤買去了，這樣朱小腰會很不高興的——以朱小腰今日在城裡的「江湖地位」，誰也不想也不敢惹她不高興），只要朱小腰一來，手把一按，扳機一開，那動物就「自由」了。

——要是太龐大了的動物，例如：鱷魚、蟒蛇或狼，或是這樣隨便「放生」決逃不出市肆的動物，好像：豬、鹿和烏龜，朱小腰按了扳機，機括一開，籠裡的動物便跌落在底下的活板裡，由另一名叫「吳成材」的夥計負責「各依其性」送到樹林、沼澤、河塘、山上、草叢裡去「放掉」。

由於朱小腰早已付了錢，而且出手還不算輕；這「小作爲坊」的人都極歡迎朱小腰這長期大客戶，也極樂意爲她服務。至於吳成材這店夥，眉精眼企，血氣方剛，對朱小腰的風姿艷容，本就十分傾羨，更是樂於效勞，盡心盡力。

所以，這些日子下來，「放生」的動物也超過四百二十一頭了，朱小腰也沒什麼不滿意的。

她今天來，也如往常一樣。

她看了一會兒的鳥、魚、貓、犬，牠們對她吐了幾個泡泡，或者叫了幾聲，她也向牠們撮唇吹了幾個唾沫的泡泡，或者也叫了幾聲。

然後她就去按扳機。

今天她要放生的是一隻狐狸。

——人說狐狸狡獪，她卻喜歡狐狸；狡獪不是罪，只是求生的本領之一；若說狡獪，狐狸怎比得上人？

她看著那頭狐狸，微微的笑著，她覺得那狐狸的眼睛像人：牠閃爍著，既絕望，又懷抱著希望；既防衛，又想接近——這種感情都是人的，也許牠就是這樣想才會落到人的陷阱裡吧？

她按下了扳機。

「轟隆」一聲。

——狐狸是放出來了，但她自己卻落到陷阱裡去了。

◇◇◇

她一按扳機，一下子，無數的暗器向她射來，快、密集、且各種各類小如螞蝗大如鍋鈷的都有，這時候，狐狸則自她腳下竄出去了。

她「哎」了一聲，也不知是慶幸那狐狸躲得快還是自己中了伏。

她一生裡遭過五十五次的埋伏，也埋伏過人三十七次，遇襲和突襲，都已成了家常便飯。

不過，她也承認，這一回來得特別兇險。

袍。

她「哎」聲未了，一個優美絕倫的大旋身，已卸下身上那寬寬垮垮的灰色大

她的袍覆蓋住了她；但罩著她的袍仍然急速的旋動著，抖動得像裡面覆罩著的是九十二道激烈的噴泉。

暗器打到上面，都打不進去——不是給震飛就是滑落下來。

暗器都傷不了朱小腰。

暗器是不能。

可是人能。

埋伏的人一擁而上，二十八般武器齊下，要殺朱小腰。

「抓住她，一萬兩銀子。」

聽了這句話，來襲的人全都紅了眼睛、彷彿朱小腰是他們的宿仇。

朱小腰仍然用她的袍子旋舞著，只不過，剛才是揚開以急震密顫來接暗器，這一回是把袍子捲摺，舞動如棍，見人砸人，遇敵攻敵。

敵人倒下了五、六個。

朱小腰已開始喘息。

店子裡雞飛狗跑，一團亂，不少飛禽走獸欲逃無路，都遭了殃。

朱小腰下手出手時，因猝不及防，一開始已著了招，掛了彩，所以比較吃虧。

這時候，又一個沉著的聲音響起：「殺了她，一萬兩黃金。」

馬上見效。湧擁上來的敵人又多了起來，他們連喘息都牛了起來，好像朱小腰是他們的殺父仇人。

——這銀子既然可以買他們父母的命了，也足夠讓他們買自己的性命。

朱小腰打到這時，身上已見紅了。

鮮鮮的紅。

寬袍裡的她，原來是穿著緋色的勁窄衣衫的。奇怪的是，穿得那麼冷漠和爲人一向都那樣冷漠的她，內裡的穿著竟是那樣的奪目美麗，彷彿那冷漠只是熱情的包裝而已。

血的鮮紅映著正渲染開來緋色的衫，更好看得令人心軟。

但偷襲的漢子並沒因而手軟。

朱小腰卻又笑了。

帶點倦慵地——

她可不打算予人生擒，只求戰死：

彷彿她既是死在這裡，也很滿足了。

也無所謂了。

◇◇◇

她無所謂，別人可有所謂。

這人當然就是唐寶牛。

他知道城裡至少有兩股勢力是「必殺朱小腰」的：

——「迷天七聖」，他們無法忍受朱小腰二聖主的「背叛」。

——「金風細雨樓」，聽說顏鶴髮使得白愁飛無法手刃蘇夢枕，顏鶴髮死了，既然朱小腰是他的死黨，打探蘇樓主的下落，便轉移到朱小腰身上去。

所以他等。

等人暗算朱小腰。

終於給他等到了。

他表現的時候也到了。

於是他狂吼一聲，自一大堆雞糞、馬尿、豬屎、鴨毛的禾糠木箱底下轟然而起，咆哮道：

「我是神勇威武天下無敵宇內第一寂寞高手刀槍不入唯我獨尊玉面郎君唐前輩寶牛巨俠是也，快住手，否則我——」

可惜他已說不下去。他的突然出現，的確使伏襲的人都嚇了一跳。

不過，那也只是一跳。

等到那下令捉人殺人、臉色發青、鼻鉤如鷹的年輕人眉不動、眼不眨地說了一句：「連他一併殺了，加一萬兩銀子。」

立即，六十一把兵器至少有二十四件轉到了唐寶牛身上。

唐寶牛縱然能應付得下去，可是，再要說完那一輪長篇大牘氣派堂皇的「場面話」，這可就力有未逮了。

卅三　候機

朱小腰當然不是孤軍作戰的。

因爲她有唐寶牛。

——在決一勝敗定生死之際，有人在身旁伴著自己的感覺真好。

唐寶牛本來也不是孤軍作戰的。

他雖然有個朱小腰，但不知怎的，他總覺得自己雖然爲朱小腰而戰，但朱小腰只爲自己而戰，完全不理會他的。

他的生死。

但他既然已經上了陣，只有打下去。

交手的時候，朱小腰顯然跟他很不同。

唐寶牛樣子看去粗獷、兇橫、十分男子漢，然而他下手時有很多顧忌。

他怕傷了那些雞雞鴨鴨……

他怕敵人殺不著他，就宰了那些狗狗貓貓——

他怕這些人平白無辜的砸了這家店舖，雖然他並不認識這家店舖和店家。

所以，他一邊打，一邊怕踩傷踏死那些小動物，甚至還要挺身維護保住這些小生命，以免給敵手一刀斫死、一腳踢死。

這樣下來，打了一會，對方也弄清楚了：這個威猛大漢有一顆太軟弱了的心，於是有些人的刀刀劍劍，就老往小狗小貓小動物身上招呼。

這般便攫住了唐寶牛大氣大概的武功招式中要命的弱點。

朱小腰卻完全不一樣。

她當然非常喜愛那些小動物的，可是，她在應付來敵的時候，就完全不把任何動物乃至於其他人的性命考慮在內。

她為殺而殺。

只要是跟她為敵的人，她只要能殺了，就完全不理會這會傷害到任何人、任何事、任何其他的動物。

最後，人終於都打跑了。

——當倒下去的人達到第十九個的時候，那青臉鉤鼻的青年點點頭，居然非常滿意的說：「夠了。」

然後揮揮手，來敵全都像驟見燈光的老鼠一般，全都在剎那間消失在暗影處了。

唐寶牛回憶了一下，記得這青年不但一直沒有出手，而且在別人出手的時候，還用一支筆及一張紙，不知畫下還是記下些什麼。

——這傢伙到底是誰？

——他來幹什麼？

——他是個詩人？畫家？還是宮廷太史，只記下這一戰拍拍屁股便走？他們一走，才不過點亮一支蠟燭的時間，「小作爲坊」已搶進了幾個人。幾個朋友。

——幸好不是敵人，否則，唐寶牛再強再壯再能熬，他的鮮血也會哭給他的傷口聽了。

來的是：「白駒過隙」方恨少、「火孩兒」蔡水擇、「神偷得法」張炭、朱大塊兒、「獨沽一味」唐七味、「活寶寶」溫寶、「老天爺」何小河、「用手走路」梁阿牛等，還有「發夢二黨」的「破山刀客」銀盛雪、「袋袋平安」龍吐珠、「丈八劍」洛五霞、「挫骨揚灰」何擇鐘、「目爲之盲」梁色、「前途無亮」吳諒、「面面俱黑」蔡追貓等十六人。

這些都是王小石再次入京定居「象鼻塔」後的交好、弟兄、支持者。

這些強助一至，誰也暗算不了朱小腰了，暗算的人誰也走不了了。

不過，暗算的人卻已先一步走了。

而且走得極快，像一盆水潑到乾涸已久的土地上，誰也不能把它還原為水、放回盆裡去。

朱小腰又披上她那件嵌滿了暗器的灰寬袍子，微微一抖，袍子上的暗器咣啷啷噹的掉滿一地。

方恨少示意唐寶牛過去，唐寶牛搔搔頭皮，眼看朱小腰就要走了，張炭從後推了他一把，他一下子便撲到朱小腰面前，兩人面對面相距只一寸，呼息可聞。

朱小腰慵懶的看了他一眼，她像剛睡了一個午覺醒過來，而不是剛從一場殊死戰中活過來。

「什麼事？」朱小腰問得連眼皮子也不抬。

唐寶牛一下子脹紅了臉：「我……啊……妳……呀……」

朱小腰微微一笑，足尖一伸，踢破一隻籠子，一條蜥蜴吐吐叉舌，走了。

朱小腰也揮揮袍子、甩甩長髮走了。

方恨少、張炭都為唐寶牛急得頭髮和耳朵都綠了。

唐寶牛兀自期期艾艾，望著朱小腰寬舒的背影怔怔發呆。

方恨少跺足罵道：「你怎麼搞的呀!?平白失掉了好機會！」

張炭也急道：「你救了她，還不跟她好好的說話，增進瞭解，還要等到什麼時候!?」

唐寶牛打了一個哈啾、又打一個哈啾，看他的樣子，彷彿打噴嚏也是極大的享受似的：「……我已經跟她說了……說了許多話了……」

「這叫說話!?」張炭道：「什麼我啊你呀，咴咴呀呀的，這就叫談情說愛？」

「相知不在言語，旨在交心。」唐寶牛吁了一口氣，像呷了一口醇酒，閉上了眼睛，無限回味與憧憬的道：「她對我的印象一定很深刻了。我已經很滿足了。」

「知足常樂，知足自足。」方恨少嘿聲道，「自欺欺人人自樂，獨樂樂不如自樂樂，自得其樂便好。」

唐寶牛這才如夢初覺，問：「……我，我下一步該怎麼辦呀？」

「嘿嘿，你已表現了你的英雄本色，好漢雄風了。」張炭在算著他臉上的痘子，正算到第十四粒，說，「你在精神上和她戀愛就是了，又何必落入俗套，走什麼上一步、下一步？」

「可是……」唐寶牛這會可有點發急了，「可是……我已救了她，怎麼她沒有感激流涕、以身相許呢？」

「也許，她覺得縱然你不來救她，她也解救得了自己。」方恨少見唐寶牛聽得扁了嘴，改口安慰道，「或者，她爲你男兒魅力所震憾迷惑了，早已陶醉得忘了答謝你。」他用手拍了拍比他高大整個頭但可能也比他脆弱得過了頭的唐寶牛，道：「這次『英雄救美』萬一不成，還有下一計。」

「下一計？」唐寶牛倒是越說越清醒，越清醒就越情急：「下一計是什麼？何時進行？如何進行？」

「進行？行！」方恨少「霍」地張開了摺扇，一搧一搧地說，「那得要候機了。」

「候機？」唐寶牛的粗眉幾乎掉到鼻毛裡去：「還要等候!?」

「所有時機來到之前，都得要等候。」張炭終於又擠掉了他左頰上一顆成熟的痘子，兌出濃汁來，「要耐心等候，才會有好時機。」

◇◇◇

「下一個機會是什麼？」

「英雄救美不成，可能她性子太強，不喜歡人強過她。」

「那我讓她來箇美救英雄好了。」

「那又會教她瞧不起。男人一旦叫女人給瞧不起，那真是什麼都完了。」

「我唐寶牛乃堂堂正正威風颯颯頂天立地神泣鬼號俯仰無愧捨死忘生……」

「你究竟要說什麼，快說、直說就好了。」

「我唐高人寶牛巨俠，豈能讓女人瞧扁了！」

「那就好，」方恨少計上心頭的說，「這次就用細心、真情打動她好了。」

「細心？真情？」唐寶牛笑得巴拉巴拉的闔不攏嘴來，指著自己的大鼻子道：「這些好處，我都有。」

方恨少搖搖頭。

搖搖摺扇。

幾乎就沒聽得他也搖搖尾巴就是了。

卅四　包機

「女人是一種奇妙的動物。」方恨少又開始說他的「高見」，他身旁總是有一干「忠心耿耿」的聽眾，例如一向聽得耳朵發直的張炭，聽得半明不白的朱大塊兒，聽得迷迷糊糊的粱色，和聽得不住的在做筆錄的蔡追貓……不過，「第一號聽眾」可一定是正處於「水深火熱」中的唐寶牛：「女人之所以奇妙，其中包括了兩個特點。」

然後他靜了下來，得意洋洋。

他在等待。

他在等。

他等。

等。

——等來等去，卻沒人發問。

他可火了。

「嚓」地把摺扇一張，牙嘶嘶地道：「你們這干沒有共鳴、不是知音的東西，對戀愛一竅不通，對女人一點不懂，卻不來問我！」

梁色懵懵懂懂的說：「問你？怕打斷你話頭呀！」

朱大塊兒結結巴巴地道：「問……？我我我都都聽不不不懂？怎麼麼麼……問……？」

蔡追貓摸著地上的如茵綠草，一味傻笑。

張炭又在擠痘子，也逗著說：「我以為你反正都要說下去，不必問了！」

唐寶牛正盤著腿，一對大手，正在搓著趾頭，聽到這一句便忙不迭的猛點首：「對對對……我也是這樣想——」

「霍」地方恨少闔上了紙扇，「卜」的一聲，在唐寶牛頭上一個鑿。

「別人這樣說，你也這般說，沒個性！」方恨少啐罵道，「你正要君子好逑，你不問，誰問？你要不問，我怎麼說下去？以後腦袋省亮一點當幫忙，可好？」

唐寶牛摸著給啄痛了的那一塊，忍辱負重、唯唯諾諾的道：「是是是——」

方恨少哼了一聲，負手踱步，鼻子朝了天。

大家看著他，很為難的樣子，但既不知如何在石敢當前上香，也不知何處插香叩頭，彼此面面相顧，不知從何下手是好。

方恨少又一揚扇子，唐寶牛忙護著頭，呼冤震天的道：「又打我又打我，你就不打別人！我又錯在哪裡啊！」

張炭旁觀者清，嗤笑道：「他恨你還楞在那兒，不向他老人家請教啊！」

唐寶牛摸著疼處，頗為委屈地說：「那大家也沒請教啊……」

張炭又成功地擠出一粒痘子的膿來，乾笑道：「誰教你急，人家可沒你的急！」

唐寶牛只好死聲死氣地說：「那我我……我就請教你嘛。」

「那麼不情不願的，」方恨少氣盛的說，「我不說了。」

「我是真心請教的啊！」唐寶牛可叫起撞天屈來。

「那你請教什麼？是哪一段？哪一章？哪一行哪一句？嗯？」方恨少「不怒而威」的道，「可一點誠意也沒有。醒些少當幫忙吧！可好？」

「他在暗示你不妨從剛才他的話頭兒問起。」張炭挑通眼眉的說，「你就問他：女人有些什麼特性兒嘛！開正他的鬼胎，保準聽得你舌尖生垢！」

「啊，你真是他大便裡的糞蟲！」唐寶牛興高采烈的說：「我一向比你聰明六十五倍，但這兩天我不大舒服，大方那種種心眼兒我沒你通透，謝謝提點，下次我再救你狗命十七八次，不欠你情。」

方恨少聽了大皺眉頭，啐道：「說得這般難聽，有失斯文！噢，真有失斯文！」

張炭也左眉高右眉低的說：「你救我？你能救我的時候我已先救過你二十三次

了吧？德性！」

唐寶牛不再理他，只向方恨少央道：「你說下去、說下去嘛。」方恨少清一清嗓子，看他神情，彷彿唱戲唱到了臺上殿前，下面有五六千人齊伸長了脖子，俟他語音一落就拍爛了手掌似的：

「女人，不管多愚笨、多聰明、多醜陋、多漂亮的女人都一樣，」方恨少頭頭是道的道，「她們常常無由的感動和自足，感歎上天為何賜她如此美貌、如此幸福、如此好運；但有時又莫名其妙的自怨自艾，埋怨上天為何要讓她遇到種種的不愜意，等等的不幸，樣樣的差強人意。」

大家都聽得津津有味，只差沒吮手指頭，都等他說下去。

方恨少也覺得自己作結論的時刻到了：「所以，女人是一種喜怒無常、愛恨無故的動物。」

大家拍手。

唐寶牛舉手。

「請問吧。」方恨少表示「孺子可教」：「我最喜歡造就人了。」

「你說了那麼多，」唐寶牛瞪著一雙牛眼，腳踏實地的問：「我還不知道我到底該怎麼辦是好。」

「你天資魯鈍，我不怪你。現在醫道高明，什麼奇難雜症，只要一口氣在，都多能救治，惟有愚騃一症，決不可治，沒有一種藥能吃了之後，教人聰明。」方恨少「自我犧牲」偉大的說，「我剛才意思是說：女人在自我陶醉的時候，很需要一個知己；而在自我感傷之際，又需切一個伴侶。你是要能適當的把握時機，而又扮演了適當的角色，這機會我就包你成功，是爲『包機』。」

唐寶牛聽到末一句，頓時笑逐顏開，道：「當真？」

方恨少滿懷自信：「當真。」

唐寶牛雀躍無比：「果然？」

方恨少一口咬定：「果然！」

唐寶牛心花怒放：「哈哈。」

方恨少沾沾自喜：「哈哈。」

兩人一時都覺得心想事成而又從心所欲，一齊擊掌笑道：「哈哈哈。」

唐寶牛笑完了三聲之後，忽爾沉靜下來，正色問：「要怎麼進行，說真的，我仍舊不知道呢！」

方恨少頓時爲之氣結。

氣得鼻毛都歪了。

卅五　良機

朱小腰成長後第一次痛哭，不是因爲親逝（那時她雙親仍然健在），也不是爲了情逝（她跟一般女子一樣，曾喜歡上幾個男人，當然也有好幾個男人喜歡上了她，但最後這些感情都「無疾而終」），而是爲了一場舞。

她有一次，在一個豪門的夜宴裡，得以看了一場「關門舞集」演出的一場舞：跳得那麼好，那麼美，那麼有力，那麼像一場風流人不散、風華絕代、曼妙的舞、美絕了人寰……

她很感動，把臉埋在手心裡，輕泣。

她覺得她是屬於那一場舞的。

她的生命本來是一場舞。

她的才華也在於舞：她的腰那麼纖細，也爲了跳舞；她的手腳那麼靈便，也是爲了舞蹈。她的樣子那麼好看，就像是一場舞從風姿楚楚舞到了絕楚。

她應寧舞而生，不舞而死的。

她這麼愛舞，可是她自生下來就全無學舞的機會。

她家窮。

更重要的是：她家人——父、母、叔、伯、嬸、姨、姊皆認爲女子跳舞，是極不正經的玩意兒，那是富有人家用作淫辱女子的東西，他們非但不許朱小腰學，甚至連看都不讓她看。

每次朱小腰提出有關舞蹈的要求：不管是看或跳，至少都會惹來一頓臭罵，嚴重的還會招來一場毒打。

不過，這口正經人家後來的下場都不怎麼正經：朱小腰父親家道中落，卻仍然嫖、賭、飲樣樣上手，終於債築高臺，好好一個家，變賣得零星落索，到頭來，朱小腰也給賣到青樓子裡去了。

這時候，朱小腰就有機會學「舞」了。

可是那是淫俗的舞。

這些「舞」只有肢體的淫褻動作，完全是一種取悅、滿足、勾引乃至與客人意淫的方式來做出動作。

——那當然不是朱小腰心目中的「舞」。

但這種狼狽、淫亂的舞，朱小腰卻非要跳不可。

否則得挨龜奴的棍子。

這幾乎完全毀碎了朱小腰理想中的「舞」。

直至有一天，顏鶴髮上來了「香滿樓」。

他很喜歡朱小腰。

他一眼看出了她的麗質天生，看出了她的不平凡。

她告訴他喜歡「舞」。

他就帶她去看「花滿樓」裡的一場「暗香舞」。

——「閉門舞社」那一場舞，居然舞出了香的味道來。

而且是不同的香的味道。

他們跳「暗香舞」的時候，一舉手一投足都是先「流」出來才「動」的，當跳的是「天香舞」之際，一個手勢一個風姿都變成了「飄」下來之後才「水落石出」般的「動」。

——像花之飄落。

她又感動得哭了起來，而忘了拍掌。

顏鶴髮老於世故。

他自然觀察到這女子對舞的感情。

——就像他當年對「煉丹」的熱誠一樣。

他一直駐顏有術，靠的是丹藥。

但他一直也都有個遺憾：

他煉不出「長生不老」的藥。

他外號雖然叫做「不老神仙」，外表不老，或者老得很少，老化得很慢，但在身體上的「老」，他總是可以感覺得出來。至少，他的指掌已瞞不住年齡，蒼老得特別明顯。

——像對這小女孩，他就常常覺得自己「老」，時時覺得自己已「無能爲力」了。

就是因爲這樣，如果跟她在一起只爲一夕之樂，恐怕到頭來遲早成陌路。

所以他決定爲朱小腰贖身。

但他不讓她學「舞」。

只教她學「武」。

就像他煉丹的結果還是專心去了練武。

他不住的說服她：

——武，也是一種舞。

——舞，其實就是武。

就像從前上香叩頭拜神，其實都是一種氣功的儀式一樣。古人「舞」、「武」本就分不清、分不開來、同時也沒有分際的。

這算是朱小腰能夠「翻身」的「良機」，但仍不是她學舞的「良機」。

「良機」本來就是有分類的：

對甲的良機，對乙來說，可能是噩運。反之亦然。相同的，對某件事可能這正是良機，但對某件事卻仍時機未成熟。

顏鶴髮感動於她對「舞」的赤子之心。

但他洞悉人情：知道讓她習舞，對自己並沒有什麼好處。

可是練武又不同。

——至少可以幫自己的忙。

他不想「老而孤獨」。

要不一輩子「孤軍作戰」，就得要訓練助手、弟子、接班人。

他決定培訓朱小腰。

朱小腰也沒有令他失望。

她知道既然顏鶴髮不高興，她就只練武，不習舞。

武術天地大。

她以半途出家、女流之輩來習武，能有所成後，分別又受到其他高手、聖主的提點，她以舞蹈的天份與稟賦來練好她的武。

從此她自成一派。

不再受人欺侮。

可是舞蹈的希望她就完全放下了、放棄了，而且，她年歲漸大，再要重頭學起，也來不及了。何況，單是練武，已佔據她全部時間了；人，有幾個能同時做好學成幾件完全不同的事。

畢竟，世上許多事，都得要把握青春好時光，才能適時而作。

故而，對朱小腰而言，舞蹈，只是她一個淡忘了的夢想，一段傷心史而已。

直至這一次。

◇◇◇

這一回，她本只是受邀去參加「發夢二黨」中「夢黨溫宅」的雜耍夜宴。

她本也不想去，可是溫柔和何小河也要去，並也要她去，她就去了。

結果她在隨時淺酌小食之際，忽聽笙樂齊鳴，眼前一亮，新一代「開門舞團」

的子弟紛紛起舞，還是一闋她最想聽的「飄香舞曲」，化成彩衣翩翩，羽衣飜飜。舞到末了，舞者的師父「蝶衣輕」汪潑大師，還出來親自說明了這是爲她壽辰而編的舞呢。

朱小腰這才記起了：

今天是她的生日。

她打探後方才得悉：

原來這一切都是唐寶牛的悉心安排。

她自己的生辰，在關七的「迷天七聖盟」、蘇夢枕「金風細雨樓」、王小石的「象鼻塔」的資料裡都有紀錄，並不希奇。

她自己的心願，卻在閒談時，告訴過溫柔和何小河。

何小河跟方恨少交情「殊異」。

溫柔與王小石也有「過人」的交情。

王小石和方恨少都是唐寶牛的好友。

朱小腰是聰敏的人，當年她在一見顏鶴髮時就懂得把握良機，腦筋自然不差；她只略一尋思，便弄清楚了唐寶牛居然、竟然、赫然替她安排這一切的來龍去脈。

舞大師汪潑是舞者。

一個舞者在江湖上往往要遇上許多浩劫，何況這舞者還領著一群舞者。

他一定受過唐寶牛或是王小石等人的情。

汪大師還在臺上公然要收朱小腰爲徒，把畢生絕藝傳給她。

大家都爲朱小腰拍掌。

喝采。

這是朱小腰一生夢寐以求的事。

唐寶牛也在他那一夥兄弟的「推動」下，快快的走上前來，對她說：

「朱姑娘，汪大師很少肯收徒的，他而今要收妳爲衣缽傳人，妳對舞蹈又那麼有天份、才華，良機一去不再，何不把握這——」

朱小腰卻倦慵地、搖頭。

「不了。」她說，「我練舞的年齡，已經過去了。」

在唐寶牛的錯愕中，她又說了一句：「我學舞的心，也已經死了。」

在大家的失望中，她末了還這樣說：「不了，謝了。」

總之，她推卻了。

卅六　軍機

「打動不了朱小腰，」方恨少「軍師」仍十分「軍師」的說：「感動她。」

「對對對，」張炭把握時機調侃他，「買對豬腰送給她，感動不了她至少也驚動她。」

唐寶牛只覺這種佛偈式的對白令他十分「迷惘」，只苦著臉問：「她連舞都不跳了，卻是如何感動她？」

「山人自有妙計。」方恨少仍顧盼自得，「本公子自有分數。」

「耗子自有貓耍。」張炭一副隔岸觀火的樣子，「我們的唐巨俠可給你整慘了。」

「我整他？你沒見過一個戀愛中的男人坐立不安的樣子？」方恨少火道：「我是在幫他。」

蔡水擇忍笑道：「你怎麼幫他？」

「我把對方也變成戀愛中的女人，讓她也試試戀愛使人求生不得、求死不能的滋味。」方恨少故作猙獰地吟道：「天機不可洩露哩，而且，這可不止是天機，所謂情場如戰場，這還是一級軍機呢！」

「軍機！」大家都爲之咋舌：「好嚴重！」

顏鶴髮死了。

他的屍首仍然給抬了回來，王小石將他厚葬於賴蕉花園。

他的墳前草青青。

草不高，向有修葺。

種有花，也時插著鮮花。

香火常見。

——準確一點說，是初一十五有人上香，每天早上有人送花來。

送花來拜祭的人自然就是腰兒高高、腰兒細細、腰兒長長、腰兒纖纖的朱小腰。

其實，一直要到顏鶴髮死了之後，朱小腰才覺察到自己對他是有點真情的。

——那種感情到底是什麼？如何分類？一時可也說不上來。

最分明不過的，就是沒有顏鶴髮，就沒有今天的朱小腰。

至少，朱小腰還是感激他的。

她深知顏鶴髮：看來猶如閒雲野鶴，其實卻很怕死，甚怕孤獨，更怕沒有人理睬。

她現在就來理他。

——再怎麼說，他也是一手把她自污泥裡拉拔出來的人，就算她也付出了極高的代價，但顏老予她的，還是足夠償還她應得的。

所以她常來拜他，爲他墳前清理一下芟雜草，有時，也在他墳前說話。

包括目下她的困擾和煩惱。

「老顏，現在，你可安安樂樂的休歇了，你這一撒手，可什麼都不理了。」朱小腰半哂笑半自嘲喃喃的說：「我可煩了，有個大肉包子老是打了過來，我不吃，他纏著煩；要是吃了，怕哽著了。有你在，你來出面，好應付。現在你去了，你說說看，大家同一夥兒，又不好拆破了面，我用啥來搪著？」

說著，她也有點警省起來。

這幾天，她因在「小作爲坊」負了點傷，所以就沒來拜祭顏鶴髮的墳。

可是有件事卻很奇怪。

這墳依然有人勤加掃理，從香枝和謝花看來，只怕天天都有人來送花點香。

——誰那麼有心？

據朱小腰所知：顏鶴髮並沒有什麼親人。

——以前的五聖、六聖，已給新進的五、六聖害死了，至於鄧蒼生和任鬼神，也各事其主，不便來祭，顏鶴髮就連朋友也不多個！

那麼說，是誰那麼好心天天給他打掃，還送花上香？

「誰給你掃墓，你泉下有靈，當然心知肚明。」朱小腰俯身獻上了菊花，小聲說給自己鼻尖聽的道，「是不是你又到處留情，有了些小老婆，連我也瞞著……？」

她灑然又道：「要是這樣，你就別怪我了，是你先有小老婆在先的。我也有人藉頭借路的來親近，只是本小姐沒意思要累人累己罷了。你要是老尙風流，我還怕砸貞節牌坊麼！」

說到這裡，她陡叱了一聲。

神色來。

「出來！」

她手上已一下子扣著三十一枚暗青子，眼裡剎地閃著比蛇和兇殘的魚更怨毒的神色來。

「是誰！？快給我滾出來！」

◇◇◇

只聽墳後有人慘聲道：「我滾出來，妳先不要動手，好不好？」

朱小腰一聽這個聲音，臉上通紅了起來，一味的冷笑幾聲，看來似怒多於嗔，但仔細看去，仍是嗔多於怒。

那人自墓後真的滾了出來，「滾」到一半（一半就是屁股、腿、踝、足還有一小半的肥腰，都在碑後現了身了），又陡停了下來，艱苦的問：

「我可不可以不用滾的？滾出來既尷尬，又難看。妳可以賞我個臉嗎？用跳的好不好？這樣或許威風些！不然，用爬的也可以，就是不要用滾的——我塊頭大，不適合滾，對不起嘛——」

朱小腰寒了臉色。她的粉臉一旦發寒，眼神就很歹毒，令人心驚。

「你爲什麼要來這裡？」

「……我近日天天都來——」

「你來幹什麼!?」

「……我來替顏老掃墳。」

「你——！」朱小腰這才把挾著暗器的手垂下，可是餘怒未消，「我呸！你跟老顏非親非故，用得著你這般好心眼兒!?」

唐寶牛搔搔頭皮，硬著頭皮，向墳前畢恭畢敬的拜了三拜，道：「說老實話，我不是爲老顏，我掃墳爲的是妳——」

「去你的！」朱小腰一向伏犀一般的眼波也禁不住吐出銳利的殺氣：「你敢詛咒我——!?」

「不不不，我是說真話。」唐寶牛忙分辯道：「我看妳前幾天受了傷，這當口是沒人料理這兒，我便——」

忽又聽朱小腰急叱一聲：「——還有誰人——!?」

「人？」唐寶牛左望望右望望後面望望，然後前望朱小腰，嗤啦一笑，說：「沒有人啊。只有我一個——」

話未說完，驟變就遽然發生！

卅七　司機

死人當然是埋在地下的。

死人如果浮在空中，那麼，他不是隻鬼，也是個鬼魂了。

顏鶴髮當然已經死了。

他雖然身首異處，死於江上，但他的遺體給王小石和「象鼻塔」的手足們奉回安葬於「萬寶閣」。

——當然，如果白愁飛堅持不讓人取得顏鶴髮的骸屍，那麼，王小石那一干結義兄弟想要爭回顏氏的屍首，恐怕也得用多條屍骸才有望可得了。

不過白愁飛卻沒有這種觀念：

反正人已經死了。死了的人，就不是人，不是人就不是敵人，不是敵人而空遺一具屍體，他可要來作甚？

他可犯不著爲一條屍而跟任何人起衝突。

他可不是這種人。

他做的事，一切以「實利」爲依歸。

沒意義、白花氣力、無所得的事，他一概不爲。

——既然別人要這具屍，他就給他好了。

他只是把來要死屍的人是誰，遺體下葬何處，葬禮有些什麼人參加，這些種種資料，一一著人記下。

這才重要。

因爲這可以弄清楚：誰是敵？誰是友？

死了的人不重要，因爲不管他生前多厲害、多可怕，對他現在已經沒有妨礙了。

活著的人才要防。

——只要是活著的人，再乖再蠢再聽話，都得要防。

白愁飛當然查得出來：顏鶴髮下葬於「萬寶閣」。

——這場葬禮，王小石和許多高手都去了，是足以轟動江湖的一件大事，而以王小石等人跟顏鶴髮的交情，這些人也一定會出現的。既然如此，白愁飛要探聽顏鶴髮何處立墳，當然是輕而易舉的事。

不過，知曉是一回事，下手又是一回事。

這一次的舉殯，王小石一干人等自然義憤塡膺，不止是「象鼻塔」的結義兄弟都來了，「發夢二黨」、「六分半堂」、「迷天七聖盟」、「嶺南老字號」、「十六劍派」、「七幫八會九聯盟」、「十大派」、「金字招牌方家」、「江南霹靂堂」、「蜀中唐門」、「太平門」，「黑面蔡家」、「下三濫」、「下五門」、「山東神槍會」、「南洋整蠱門」、「大聯盟」、「神侯府」、「有橋集團」等都有人過來參加葬禮，白愁飛再狂、再橫、再妄，也不會更不能選在那時候動手的。

他們不止爲顏鶴髮的死而悲憤——「不老神仙」還沒有那麼大的魅力。

他們更爲蘇夢枕給推翻下臺、生死不明而不忿不平。

於是，參加「不老神仙」顏聖主的葬禮，就成了他們的一種「表態」。

白愁飛可只想在當今武林中擁有領導和主導的地位，他並不欲與天下英雄爲敵。

他其實多願意跟武林中所有他看得起的英雄豪傑做朋友、交朋友——只要對方也看得起他、服膺於他的了不起。

——他這種性格的造成：是來自於他成名、成事和成功得太遲了。

他早年歷經過太多的失敗，和遭遇太多的瞧不起——縱有一身本領，空有滿懷大志，卻無人理會，任憑他年歲悠悠過，卻被扔棄於無人問津的角落。

就這樣藉藉無聞、生老病死過一世嗎？白愁飛也曾這般鬱憤自問。

不！

決不！

絕對不！

所以他無論如何，都一定要奮發圖強，迎頭趕上，而且還要站在大家的前面、騎在眾人的頭上，這才會讓人對他重新估量，不敢再瞧他不上眼。

——也許，只要給他早五年成名立業，這種心態就不一定會根深蒂固。

他未成名時，至少在他的黃金歲月，有超過十二年是大志難伸、鬱勃不舒的。他說過的話，儘管說得多好，多真實、多有理，但都不受人重視。同樣的，另一個在江湖上已成大名的人，拿他的話一說，就人人稱是，傳遍天下了。

他打過的戰役，是憑真材實學取勝的，但那時他仍什麼都不是，所以，既沒人記載下來，也不會有人承認他的艱苦勝利，甚至把功勞、成果往別的已名成利就的人身上推。

他看透了這些人的嘴臉。

他歷遍了這種事。

是以他一旦成事遂志，就死抓住權位不放，誰對他有威脅的，他就先行除去誰。——就算是栽培他起來對他恩厚的人，他也不許對方有機會把他打下去。

他深切的知道：與其等待機會，不如自行去創造機會。

他要掌握機會，製造機會，而且，還要利用機會，轉化機會，這叫「司機」：

——機會，就由他一手控制、管理、操縱。

他來這世間一遭，要的是成功立業，要大家都看得起他，記住他這個人！

他這個「與眾不同」的人！

他獨一無二。

他看來冷傲，其實，也一樣渴望多結交朋友，希望得到朋友的衷心支持和愛戴

——他甚至是爲此而戰，爲此而鬥的。

對他而言，死了的人，再厲害，也失去了用處。

他注重的是活人。

只要是活的人，不管他有多強多弱多卑微多偉大，都得要提防，原因是，人性實在是太可怕了！人，本來就是世上最可怕的動物！

——活著的人才能夠反對他、支持他。

他才不會爲任何死去的人多花時間，就算是他的親人好友亦然。

這當然跟朱小腰是不一樣的。

朱小腰仍惦念顏鶴髮。

她知道，看來如閒雲野鶴瀟灑的顏鶴髮，孓身一個，浪蕩江湖，但其實是很怕別人記不得他、忘掉他的。

「我無兒無女，無親無故。」有一次，顏鶴髮曾跟朱小腰這樣有意無意間提起，「我死了之後，恐怕連香燭都吃不到一口了。」

朱小腰認爲：這是顏老的強烈暗示。

——他希望在他身後，至少該有人記得他，爲他掃一掃墳，上一上香。

她畢竟是他一手帶上來、帶出來的。

她已暗自起願：她會做該做的，儘管不知黃泉下的顏鶴髮知不知道——甚至也不知道到底有沒有黃泉、有沒有所謂黃泉上下之分了。

是以她來掃墳、上香。

而不喜歡有人替代。——感情上的事，本來就無法替代的。

何況，唐寶牛總是挺著笑臉，痴痴的爲她做事。

她可不喜歡。

——喜歡我，就該放膽表示，牛高馬大，這般扭扭捏捏，實在不像話，也不像樣。

所以，她總忍不住要給唐寶牛臉色看，還常不禁要斥喝他幾句。

他聽了也總是沒有反駁，還一副引以爲榮的樣子。

這使得朱小腰更想重一點的斥罰他——原本只是試探著嫌幾句，尊重著刻薄幾句，也就算了，便過去了；但一路斥下來，沒有什麼動靜，更沒有反應，愈漸成了習慣了，不罵，心頭還真不舒服哩。尤其看他那副自負自大而又自命風流偏偏更自我陶醉的樣子，朱小腰就更希望給他多吃點苦頭，他多碰個一鼻子灰才愜了意、遂了心。

——尤其今天。

在顏老墳前。

她對他這般兇，彷彿是對泉下的顏鶴髮，也是一種表態。

泉下的顏鶴髮，當然是在地底裡的。

不過，這次卻不然。

顏鶴髮卻在空中。

自空中直摔下來。

向她！

卅八　戰機

死了的顏鶴髮本該埋在土裡的顏鶴髮竟向她迎頭撲下！

朱小腰本待把手上的暗器都發了出去。

但那是顏鶴髮！

——就算是死了的顏鶴髮，仍然是她心目中的顏鶴髮！

她一時間，慌了手腳，只有急退！

地上的土卻在此際陡然裂開！

有七、八隻手，已抓住她的腳。

還有七、八把刀，正要把她纖巧的足踝斬斷，還要把纖細的腰肢切下來！

朱小腰是個歷經過無數大場面的女子，這狙擊雖然來勢洶洶、十分厲烈，但她本來還應付得來。

她正飛竄而起，攔腰抱住顏鶴髮——儘管在這樣子兇險的情勢下，她仍不希望老顏的屍首直摔落地上：顏鶴髮的頭顱是仵工黏上去的，絕對經不起摔！

她打算先行接下顏鶴髮的屍身後，再一一找這些凌辱他遺體的人算賬！

沒想到，她雙手才抱住屍體，顏鶴髮卻一張口，一股臭氣攻臉而來，朱小腰立即掩鼻閉氣，但顏鶴髮屍身上的腐肌，已噗噗噗裂開了幾處，十幾道暗器，嗡聲急旋，在如許近距離中，急打朱小腰！

同一時間，「萬寶閣」的主閣上掠下了幾道人影。

和著刀光、劍光，帶著殺氣、戾氣的人影，他們半空截殺朱小腰。

朱小腰一時上下受敵。

何況她手上還捧著具屍首。

何況那屍首還發出毒氣與暗器。

何況朱小腰的身後，也湧現了敵人……

何況——

◇◇◇

如果——

如果沒有唐寶牛，這次朱小腰的安危足堪可虞。

如果在場的不是唐寶牛，也未必能救得到朱小腰。

如果不是朱小腰先行喝破有敵侵襲，唐寶牛也未必能即時反應……
人生裡，有的是如果和何況。
人生本就是何況和如果交織而成的。

◇◇◇

唐寶牛一見勢頭不對，他就發了狂般衝了過去，攔腰抱住朱小腰，飛進。
注意：是飛進，而不是飛退。
不能退。
退後有敵人，何況，敵人自後攏上來要比前面的多——大概敵方也斷定一般人遇襲都會撤退，所以就發強兵堵住後路之故吧！
而且背後不長眼睛。
而且後退之力怎都不如前進來得快而有力！
而且，前進令前進的人更生勇氣；後退中的人無論如何氣勢上都短了一截。
而且唐寶牛的出手，向來氣勢一流，聲勢更是絕對一流——雖然，他本身的武功也許還未臻一流高手之境。

而且他現在是在救人。

而且救的還是美人。

——而且是他心愛的美人！

◇◇◇

他疾撲了過去，攔腰抱住了朱小腰，一手揪住了顏鶴髮的背腰，飛身而起，雙腳連環急蹴，一聲怒嘯，不沉反升，不退反進，竟掠向藏有不少敵人的「萬寶閣」上！

眾皆譁然！

暗器、兵器，這一下子他也不知中了多少、著了若干！

但朱小腰確是一枚一記也沒吃著！

全讓他給擋去了。

——用他的身體。

他勇武有力、龐大壯碩的身軀！

也許是他天生神勇，也許是他天性如此，也許他是爲了朱小腰，才這樣子。

也許是他幸運，沒給擊著要害；也許是他當機立斷，使敵人反而摸不著他的進退；也許是他命不該絕，所著的暗器、所捱的武器裡，並都是沒有淬毒的……

也許什麼都不是，這是他作戰多年來能料敵機先，把握戰機的一種正確反應，反正，已給他衝上了「萬寶閣」！

◇◇◇

也許與而且，正是人心和人性中兩項可以苟延殘喘下去的必備條件。

沒有而且，一切都嫌太簡單而且直接，無癮而乏味了。

少了也許，人生裡便沒有了希望與驚喜。

人的一生裡，總有著太多的而且和也許：而且，而且就是一種也許；也許，也許也是另一種形式的而且。

他們雖掠上「萬寶閣」，但四面八方的敵人仍是在叱喝掠殺過來。

不過，這時候，朱小腰已經恢復過來了。

她一旦定過神來，就努力奮戰。

她不僅爲她自己而戰，還爲死去的顏鶴髮和爲她而受傷的唐寶牛而戰。

◇◇◇

人活著本來就是一場又一場不斷的戰鬥：

有的是爲自己而戰，有的是爲別人而戰，有的是爲利益而戰，有的是爲名譽而戰，有的是爲平等自由而戰……

只不過，在武俠世界裡的戰鬥，來得直接一些、單純一些而已！

至少，在武林中，還有不少人爲正邪是非而戰，然而當今江湖上，還有誰只爲正義而力戰不竭？

◇◇◇◇◇◇

朱小腰不是。

——誰爲她而戰，她就爲誰而戰！

你呢！

◇◇◇◇◇◇

我呢？

卅九　伺機

主持上一次伺殺的是一個年輕人。

在「小作爲坊之役」，他也在現場中。

他沒有出手。

他只在觀察。

觀察的同時，他還做了一件事：記錄——

◇◇◇

記錄一：

第七號劍手，已著了唐一腳，但他扯住唐的腳不放，使第九號刀手趕得及上去砍唐一刀。

附記：第九號刀手已歿。

記錄二：

第十一號殺手，先前已給唐迎面一拳打爆了鼻骨，但他勇戰不退，未幾，臉上又著了朱一抓，鮮血長流，依然奮戰不休，是拚戰人材，可堪留意。

注意：此人拚戰、做事時，均有不合群、英雄感的傾向。

記錄三：

第十四號是小組長，伏襲發動以來，已歷半刻，他從沒動過手，只指揮手下上前，每該當他在關節上與受襲對象對決時，他都避而不戰。

研判：這人該送到必殺的戰役中，讓他壯烈成仁。

記錄四：

……

◇◇◇

餘此類推。

◇◇◇

他的記錄簿子厚厚一大疊，這是其中一本。

他負責該次行動：算準朱小腰會來顏鶴髮的墳前拜祭，伺著機會，格殺毋論。

這是白愁飛的意旨：

他曾收攬過顏鶴髮和朱小腰為「金風細雨樓」裡的「神煞」，以他的聰明，很快的便覷出顏老大和朱老二的曖昧關係。

所以他也作出了以下的判斷：

任何人都可能、可以招攬，朱小腰卻決不（當然王小石也一樣）。那是因爲他迫死了顏鶴髮（還有蘇夢枕）。

——儘管顏大聖不是他親手殺害的，但朱小腰決不會信，而且，就算就事論事，顏鶴髮也不啻是死於自己手上。

——他不背叛造反，顏鶴髮就不必撐舟江上，轉移視線，當然，也就不必死了。朱小腰是他的「密友」，當然會爲他報仇。

與其等她伺機來報仇，不如找人伺機殺了她。

——一個忠心的女人，要比一個忠心的男人更不易收服：那是因爲忠心的女人，不但忠於義，還忠於情。殺掉她的男人，唯一的辦法，是當她新的男人，否則，誰也賠償不了她所失去的另一半。

朱小腰是美，也有本領，白愁飛卻不想也不敢去「當她的男人」。

因爲他不想冒這個險。

——關七就是因爲太依靠他妹子關昭弟，才致關昭弟一旦嫁與雷損，「迷天盟」就大不如前。

——雷損就是因爲太放縱情慾，如同在自己家園附近點了太多的火頭，終於引火自焚，死於郭東神雷媚之手。

——蘇夢枕卻是因爲個「雷純」，對「六分半堂」始終不肯除惡務盡、趕盡殺絕，以致先手盡失，雷損雖死，但經過一段時間的止痛療傷，養精蓄銳，「六分半堂」依然屹立不倒，而且日漸氣勢如虹。

對白愁飛而言，女人是拿來淫慾的。

有權力，哪怕沒有女人。

——多美、多聽話、多了不起的女人都有！

所以他只有強自壓抑。

他不要招惹朱小腰這種女子。

——惹上朱小腰這樣的女人，好的時候當成爲強助，可一箇失控，還不知道怎麼箇死法！

於是，他下令「剷除」這個女子。

——既然得不到，也不許別人要。

不過，他並不當朱小腰是個什麼了不起的大敵。

令是下了，可並不怎麼斤斤計較於期限。

不過，命令一旦下了，就會有人執行。

誰都知道，白樓主不再聞問的事，不是代表他真的不理會了；而他一旦再接手過問的時候，要是全無成果、不無行動，那麼，負責的人下場會相當悲慘。

——而像白愁飛這等人，記憶力一向都很好，能力也當然很高。你以爲他隨便吩咐的事，說不定他只是在考一考你盡忠職守的程度；你以爲他說過就忘的話，搞不好他只是試一試你有沒有當他的話是話。

他可能隨時都會作突擊檢查。

是以，梁何與孫魚都分別對朱小腰下手：梁何是第一波。在是次出手裡，梁何的狙殺並未成功。

但他記下了：

朱小腰的出手。

——她在應付狙擊時的一切舉措。

一個人在生死關頭的求生拒死，往往就是她最真實和最真情的表現。

孫魚是第二波。

他記下的是自己派出狙擊者的一舉一動。

——這次狙擊就算不成功，可是只要他得悉他的手下和他手上的人之特性和表現，對他而言，就是一種更大的成功了。

梁何和孫魚，都負責暗殺朱小腰，但兩人的方式都顯然不同。

但又很類似。

兩人都注重紀錄：記下一切重要的資料。

——因爲他們都相信，任何人，只要具備了他詳細的紀錄，就沒有他們對付不了的人。

他們都覺得自己手上至少有三種文件是不能給人看的。

——任何人都不能看。

包括他們的妻子、兒女、親信——除非是親自授意。

那是自己的日誌。

——日誌記錄著自己的心事和想法，還有許多只爲己知的事，當然不能公諸於人了。

另外就是情書。

——情信只寫給情人看，別人讀了只覺肉麻。正如自瀆，可以自行歡快登仙，但決不能公諸「同好」，否則無非等同賣弄核突。

還有就是他們的「紀錄」：

——那絕對是「武林秘辛」，他們不一定只記載這人的武功、性情、家世、背景、師承、兵器，有時候，可能把對方做愛時用什麼角度和姿勢進行，一個月行房若干次，有什麼癖好，也一一記錄在案。

那是別人的隱私。

也是他們自己的興味。

他們就是這樣子的人。

——只不過，梁何看來十分嚴肅，孫魚臉上常帶笑容。

梁何認為：嚴肅使人信任自己，而且也造成屬下認真的態度。

孫魚則覺得笑才是天下最可怕的武器。

——天下英雄、世間好漢，敗於笑容中的比敗在拳頭下的，多出不知若干倍！

◇◇◇

梁何負責上一次「小作為坊」的狙襲行動。

孫魚則指揮這一回「萬寶閣」的狙殺計劃。

兩人都注重紀錄。

重視資料。

——可是重視和記錄的方式卻不大一樣。

四十　民機

朱小腰跟唐寶牛衝上了「萬寶閣」，那兒儘是骨灰甕——原本，孫魚擬在那兒配合上下夾攻，卻沒料朱、唐二人，並不奪路而逃，反而攻上閣裡，「萬寶閣」亦只有攻襲的佈署，卻無防守的準備。

所以，朱小腰反而能緩上一口氣。

可是，唐寶牛已失去了章法。

他受傷不輕。

血流如注。

但他仍是爲朱小腰衝鋒、陷陣、掩護、殺敵，還一面大叫道：「朱姑娘，妳走，妳快走……讓我一個人來對付他們好了。」

朱小腰見到他淌的血，已足可盛滿一個大湯碗了吧？心就亂了，低聲叱道：「住嘴！」

唐寶牛拳打腳踢，又把三名敵人揮出窗外、閣外和樓下去，一面大喊：「朱姑娘……妳走吧，不要……理會我，我自會記住妳的……」

朱小腰忍無可忍，粉臉一寒，剛把兩名來襲的放倒，趁隙反手就打了他一記耳光。

「啪」的一響，唐寶牛怔怔的摸著他那張大臉，彷彿這麼多個傷口裡就這一記傷得最重最深。

「婆婆媽媽的算什麼!?」朱小腰一對水袖，正化解七、八道來襲，而且每一道來襲都作出了反攻：只要是送上門來的敵人，無論她如何雙拳力敵數十手，不管怎樣筋疲力盡，她都不忘予敵人致命和要命的反擊：「死就死，大呼小叫做什麼!?」

唐寶牛訕訕然的摸著臉上熱辣辣的一處（其實整張臉都已燒熱了），結結巴巴也巴巴結結的道：「我……我只是……因為……」

「還不打！」朱小腰又為他放倒了一個挺刀攻進的敵人，怒叱道：「想死嗎!?」

就在這時，東南西北一齊掩撲上九名敵人，九個人，九種武器，九種不同的派別，九人一齊出手，攻向唐寶牛。

唐寶牛負傷已重。

這顯然是最弱的一環：唐寶牛一死，朱小腰就孤立了，而且，戰志必潰。

所以他們全意先行集中全力，攻殺唐寶牛再說。

朱小腰要維護他，要比保護自己更難得多了。其中最大的難處是：儘管唐寶牛傷重，但仍一味顧著護她，而忘了自己。

——保護一個這樣老是保護著別人的人是一件很難以保護的事。

這九人一起出手，分別有雁蕩派的劍法、崑崙派的刀法、少林派的棍法、峨嵋派的子母鎖喉鉤法、括蒼派的判官筆法、點蒼派的沉沙戟法、瀾滄江的鱷魚鋤法、怒江的火滾鞭法、還有紫金山的水火流星，簡直無法抵擋——就算武功再高，也無法一一、同時、盡數抵擋。

除了——

這顆：

及時

飛

來

的

石頭！

◇◇◇

這一顆石頭，很小，是一顆小石頭。

一顆小小小小小小小的石子。

一粒石頭，卻不知怎的，把東、南、西、北四個方位九名不同流派不同兵器不同身法不同身手不同招式不同年紀不同地位也不同方位的高手，一齊打倒！

每個人都兵器脫手！

每個人著的都是不同的穴道！

每個人中了一記之後都倒了下來，一時三刻竟都站不起來。

相同的是：

他們都只是麻痹，給石子擊中的部位一時失去了運作的能力。

都沒有死。

甚至也沒有傷。

他們著的都是石子。

同一粒石子。

發射（只一枚）石子的當然是同一隻手。

同一個人。

他當然就是王小石。

◇◇◇

王小石，一上樓來，就伸了一個懶腰，掩嘴打了個不深不淺的呵欠。

他年輕得有點蒼桑。

他的眼睛仍十分明亮，但髮已略見稀疏了。——人生風雨如晦，使人髮落如雨。

——傷情令人早生華髮。

但他始終還是乾乾淨淨，整整潔潔，神定氣足，也氣定神閒，這些年來的餐風飲露，披星戴月，跋涉顛沛，流浪逃亡，他卻似點塵不染、片泥不沾。

他還是那麼予人光明的感覺。

看到他，彷彿就會令人可以堅信一些人們早已不敢相信了的信念，例如：
人與人之間是應該講義氣的。
人是應該相信人的。
人好運氣也會好。
好人有好報。
——這些本來「理所當然」的信念，在人逢亂世、豺狼當道之際，幾乎每一句都成爲一個諷刺，一個反嘲。
人民本來是相信這些的，可是連朝廷天子都視百姓爲芻狗，魚肉良民，還有什麼可信的？萬民本來是相信有這回事的，可惜天意弄人，偏是傷天害理的人福壽雙全，爲國爲民的人死無全屍，他們到頭來只認爲這些簡淺的話只不過是他們所弄不懂的機鋒了。
幸好還有王小石。
王小石每次出現，總予人信心。
給人重新有了信念。
因爲他原則從來不變。
他不主動傷人。

他不害人。

他總是儘量也盡力的去幫人。

他每次出現彷彿都在告訴了別人：「這江湖仍是可以行俠的。善惡到頭仍然終有報的。請相信自己有替世間激濁揚清、主持正義的力量吧！」

他宗旨不變。

因爲他是王小石。

四十一　聞機

他一出現，閣樓裡的人有一半都認得他。

——儘管「金風細雨樓」近年來人事變換極度之鉅，但至少仍有一半以上的子弟當年曾也是王小石的部屬。

事隔四年，許多人和事，都變了遷，走了樣。

可不是嗎？自當年王小石在黃鶴樓巧遇白愁飛和溫柔及雷純，闖蕩半年後入京，巧逢蘇夢枕遇襲，協力跟「六分半堂」大拚數場，直至「三合樓」蕩平關七，雷損命喪「紅樓」的「跨海飛天堂」，三年內「金風細雨樓」在京城武林中一枝獨秀，無與匹比，王小石坐鎮「風雨樓」，也十分如意稱心；他胸懷豁達，眼光過人，因而也栽培出不少新秀後進。不過，他愈漸發覺樓子裡權爭益重，為了不欲與白愁飛勢成水火，他甘心退身於金石坊賣字畫、醫跌打，這樣過了一年，直至蔡京、傅相要他刺殺諸葛小花。半年後，他藉行刺諸葛之名卻殺了傅宗書，一口氣逃亡逃了三年餘。這下回到京師，為報師仇殺了元十三限，又過了半年。從初渡漢水，到而今二入京華，因念當日蘇大哥在「象牙玉塔」提攜之情，自組「象鼻塔」，轉眼間已八載寒暑了。

八年，說長不長，說短不短。八年，已足夠使一個人成長、成熟、甚至失敗或成功。八年，已大可將一個爲嘻嘻哈哈而活著的人而變成一個怨怨艾艾而活下去的人。八年，亦足以把一個要轟轟烈烈做大事的人化爲一個營營苟苟求生存的人。當然，八年也可把輕浮的理想變成落實的力量，更可以把空泛的希望轉作實踐的力行。歲月是只主掌變化，不理好壞的。

這一天，是有陽光的。

這一日，京華的柳兒巷依然有花香。

這時分，也是日落未落夕暮未暮的時候……

王小石他出現了。

他上了「萬寶閣」，先以一顆石子爲他開了路——

◇◇◇

他以一種不肯老、不肯妥協、不肯變壞（但絕對願意成熟、願意改良、願意變好）的心情上了「萬寶閣」

——面對這一群有一半曾是自己部屬的殺手。

◇◇◇

大部分狙殺者——不管是跟過王小石的，還是沒跟從過王小石的，見過王小石的，或只聽過王小石名字的（就算是新加入的黨羽，沒參與王小石四年多前在「金風細雨樓」的豪情勝慨，叱吒得意，也必聞機於他的一顆石子格殺權相傅宗書的事件），絕大部份的弟子，都不願跟王小石交手。

一是因爲他們都知道：王小石是高手。

——誰都要命。

——跟一流好手動手的結果，通常都沒有好下場和難以保命。

二是因爲他們大都佩服王小石。

——好漢是佩服英雄的。

——所謂惺惺惜惺惺，英雄服英雄，作爲一條好漢，通常最大的遺憾，只有三項：只怕空負大志懷才不遇，只恐沒有紅顏知己，只恨少了個（些）可以迫出自己燦亮星火的戰友、同僚、貴人！

——王小石是條好漢，大家多已聞機而悉，要不然，他也不會一入京，還未識「金風細雨樓」樓主蘇公子，就爲他蕩平「破板門」，決戰「苦水鋪」，還最終一併打垮了半爿「六分半堂」！

王小石若不是個人物，就不會在「金風細雨樓」身爲三當家，任重道遠，如日方中之時，既不欲參與「風雨樓」幹下太多殺戮、罪孽，也不想跟權勢日熾的副樓主白愁飛爭強鬥勝，毅然退隱於市，開店專治跌打刀傷，兼賣字畫古董石頭。急流勇退，淡泊不爭，自不是人人都可以做到的。

何況王小石當年時值年少，風華正茂。

這些哥兒們捫心想想自己：就未必能夠做得到。

所以他們大多敬仰王小石。

——最令這些好漢們感動的：是王小石佯作要狙殺諸葛先生，卻反過來格殺傅宗書，逃亡三年半，轉戰四千里，才一返京，就在公平決戰底下殺了眾人心目中的「戰神」：元十三限，爲他師父天衣居士報了大仇。

要這些好漢打從心裡佩服（不是因爲權、勢、利、害的話）一個人，除非那人能做出比他們更有種的事。

好漢是佩服好漢的。

好漢之所以會成為好漢，是因為他想當一名好漢。

這是很簡單的道理。

正如一個人想發財，他才會發財。發財是一個理想，有了這個「夢」之後，他才勤奮+節儉+做生意，那麼，才有「發財」的可能。一切，得先有「夢」，才有「現實」。所以，有人把「夢」當作「不現實」，這種想法的本身就「不現實」極了。

一如一個人想要有知識、有學問、有功名，才會唸書。沒有這樣的渴切、希望、欲求，他根本就不會唸書。就算是被迫著在唸，也不會有什麼成績，更遑論有什麼成果了。

好漢要成為好漢，就得要做出「有種」的事兒來。

例如：威武不屈、講義氣、守信諾、為朋友兩脅插刀在所不辭、敢為天下先、貧賤能不移、不愛財不怕死、知其不可為而義所當為者雖死必為、富貴不淫、不事二主忠君愛國……有些人能做到其中一兩點，有些人則能做到其中好一些。

——當然，無須要事事都做到十足，因為，這樣的話，好漢早當不成，人倒早死了一百二十四次了。

所謂好漢，其實是要能做出一些平常人所做不到而又令人拍手叫好拍案稱快的事。

眼前，王小石就做到了。

他們當然不想跟這樣一個人爲敵。

但也不是人人如此。

在場的，至少有四個不是這樣想。

所以他們一齊動手。

——殺王小石！

◇◇◇

他們四人，都抱持著不同的想法：

人做事，通常都有他的目的。

可是不同的人往往有不同的目的。

——譬如一個人想成名，甲可能是爲了成名便可以名求利、發大財，乙可能想要得清譽始能掌握實權，丙可能純粹爲了顯父母光大門楣而揚名聲，丁則是當成名本身就是一種威風、一種享受。

都是要成名，可是目的都不一樣。
同樣的，過來殺王小石的四名弟子，都懷著不一樣的目的：

◇◇◇

這四名弟子中，有一名叫做馬克白的。
他的全名應是「瞎王子馬克白」，當然，「瞎王子」是他的外號，由於他的綽號太出名了，所以很多人都當是他的代號，而且比他原名更出名，也常把他的名字連著外號一起叫。
——正如有些人叫「大小眼」、「大傻」、「三毛」、「魚頭雲」、「星爺」……等一樣，他們當然不是生出來父母就替他們命名爲星爺魚頭雲三毛大傻大小眼的，只不過，別人叫開了，叫習慣了，可能真的已忘了他們原來的名字了。
馬克白總算還好，別人至少還知道他原來姓馬，名克白。
他的視力很不好，已接近半瞎。
他出手一向都是靠聽覺、嗅覺、觸覺乃至於靈覺的。
他乍聞王小石來了，馬上就覺得這是一個機會。

一個表現和晉升的機會。

——只要殺了王小石，他就可以少熬許多年，馬上可以在眾多同儕中脫穎而出，成爲炙手可熱一枝獨秀的大人物了。

屆時，地位恐怕決不比孫魚低，恐怕還在梁何之上呢！

爲了這點，馬克白啥都不管了。

他抄起龍鬚鉤，猛攻王小石。

馬克白對自己的期許一向都很高。

就算是在他而今不得意的時候，他仍把自己打扮得像個王子一樣，高貴漂亮，與眾不同，氣派非凡，神采飛揚，儘管他自己也並不怎麼看得清楚自己的樣子。

人就是這樣，打扮，往往是對別人的一種模倣，也是對自己的一種自許。

人裝扮往往不是給自己看，而是給人看。

有些人甚至連活著也是，爲別人多於爲自己。

——說真的，人在一天裡、一生裡，有幾件事真的完全是爲自己而作？

正如馬克白爲求晉升而殺王小石一樣。

他的成就須得靠王小石的屍身墊起來。

萬里望則不一樣。

他一聽王小石出現了，心中一喜：知道那是一個機會。

可是他也馬上省悟：這時機不是憑他自己的力量就可以掌握的。

——王小石能殺傅宗書、能誅元十三限，又豈是自己對付得了的！

所以他馬上把「殺王小石」的意念轉化為：「假意要殺王小石」。

這個時候不能退。

一退，就給孫總教頭發現自己懦怯。

也不能真的奮進。

一進，很容易就變成了犧牲者。

——在大集團裡混口飯吃，的確很不容易，一不小心，就會成了祭品；一個大意，很容易便沒得混了。

所以他佯作攻襲，決不後人。

但也留存實力，決不為眾人先。

這微妙處他要拿捏得準。

他不願當英雄。

——因爲一百個好漢裡，頂多只有一個漢子能當成英雄的：其餘九十九個多未成英雄前已歸了天。

他只願當一條漢子。

——一百個男人裡，頂多只有一個算得上是條好漢，能當上條漢子他已算心滿意足。

他旋舞鐵蓮花，這種武器的好處是：兵器是二蒂作並頭形，如未發之苞，苞之兩側，皆作稜起之銳刃，頭部極其尖銳，但橫栓裝有彈簧機關，繫於環繩，長足一丈二，只要擊中任何事物，將環一擰，彈簧失其管鑰，栓脫荷苞暴伸怒張，中者創口並擴大慘傷，而且又先距敵於丈外，這叫穩打穩紮，險兵險著。一如勢頭不對，他可翻身就走，要是乘勝追擊，他可第一個殺著先到。

——說真的，人活在大社團裡，不夠勇決，不夠機靈，非但無望晉升，只怕連自保都甚不易矣！

他深悉王小石出現之際，自己不能退。

也不能一味悍進。

要求保命存身，在大幫會裡，首先要懂得表進內退，似進實退，以退爲進，不退不進之道。

他外號和名字都叫「萬里望」，的確，有些事，他是看得很準，拿捏得很準，連出手的輕重，也把握得非常神準。

◇◇◇

「新月劍」陳皮的看法又有不同。

他一見王小石來了，就激起了鬥志。

他聽說過這個人的種種威風史：如何以一力敵「八大刀王」，怎樣以個人一刀一劍挑戰「六合青龍」，如何怎樣解「發黨花府」群雄之危，怎樣如何跟蘇夢枕、白愁飛合戰擊退「迷天七聖」關七！他聽著了這些故事，就熱血賁騰。

——真好！

——如果那是自己，那就威風了！

他仍年輕！

可是仍未意興風發過！

年輕可不是要拿來意興風發的嗎？

他可多希望有神飛風躍、意興遄揚的一日啊！

王小石這回可來了！

王小石雖然是他心目中的偶像，但只要擊敗了他，自己就可以取而代之了！

這是一個機會！

他甚至可以「聞」到了這「機」會的種種附帶而來的好處、風光和名成利就的隨躡而至。

他應當攫住這個機會！

決戰王小石！

——輸了，也不過是死了！

寧鳴而生，不默而死。

寧鬥而死，不屈而活。

——很多有志氣、有本領的年輕人，都會把持同一的想法。

他們不佩服前賢。

不滿意前輩的成就。

他們要超越過他們，他們要證實：自己比以前的人都好。

可是用什麼來證實呢？

光說、光自負，光自以爲是，是沒有用的。只有你自己認爲、不得人承認，就算天下無敵也只不過是因爲根本「沒有敵人」而已。

——那只是自欺欺人。

所以陳皮要決戰。

以他的劍。

——那一把彎彎如新月的劍！

人在江湖，就不能不、不得不、也不可以不從眾多咬牙吞血的決戰中證實自己。

沒有決鬥，就沒有勝利。

——雖然，一百個後起之秀挑戰過去最優秀前賢的結果：往往是九十九個慘敗，當然，或許也有一名取得勝利。

慘勝。

沒有真正的勝利是可以不付出代價的。

毛拉拉也願意付出代價，不過他更希望能少付一些兒。

他一看到王小石來了，新仇舊恨都湧上心頭。

王小石處事公正，手段也不算嚴肅，在「金風細雨樓」裡的弟子誰都記憶猶新：有王小石在的時候，「風雨樓」可生氣活潑，生機盎然得多了。

——大夥兒也不一定要去殺人放火、械鬥伏襲，才能證實自己的存在，才算是「做了事情」，只要大家爲良善百姓抗拒強暴，路見不平，拔刀相助，全都成了幫裡功勳。

有時候，連大家一起論國事、談家事、聊女人，也被允可，全成了正經事兒，王小石還摻合一起，互相調笑，食共食，寢同寢，衣並衣，戲齊戲，一點架子也沒有，不知多和氣和諧、歡暢歡愉。

甚至有時只賑災送米、捐糧贈茶，也算是爲「金風細雨樓」建了功、立了德——這跟「風雨樓」一貫以來的作風：尤其是白愁飛當權當政時的作風，是完全不一樣的。

大家都很懷念這一段真正無拘無束，不必刀光血雨的期間。

但也有人的想法並不一樣。

毛拉拉就是其中一個。

他外號叫「殺人放火」。

樹大夫的胞弟樹大風曾給他算過命，說他命裡有什麼七殺遇簾貞星曜，本是火煉庚金，但又遇擎羊、火星加空劫，一生殺孽甚重，刀光血災難以尅免。

他開始殺人的時候，還會手軟。

但他是花無錯一手調教出來的，花無錯教他一個當江湖漢子的特質：那就是「夠狠」。

花無錯叛死。他給撥入師無愧的部下。師無愧是個戰士。他從師無愧那兒又學了另一種「狠」。

然後他調升入「五方神煞」中薛西神的部屬，薛西神更教會他另一種層次的「狠」。

薛西神死後，他直接受命於孫魚，間接受命於梁何，其實都遙控於白愁飛之手。

——這三個人，又是三種不同的「狠」。

花無錯是人狠。薛西神是手段狠。師無愧是拚狠。梁何是一種剽狠。孫魚則是沉狠得讓人不知不覺，甚至理所當然。白愁飛則是心狠，他的狠彷彿是做大事時的一種必要的手段，無分對錯。

毛拉拉全學會了他們的狠。

他一向很喜歡殺人，且當殺戮是一種莫大的享受。

他最不得志的時候，要算是王小石「當政」之時——那時際，好殺戮的他，動輒就弄出人命、血流成河的作風，使他鬱鬱不得志，老是受到王小石的譴責與懲戒。

所以他很痛恨。

他痛恨王小石。

——他覺得一個不夠心狠手辣的人，憑什麼出來江湖上混!?一個不能夠狠心辣手的人，用什麼在武林中闖!?

他要教訓這種人！

他要殺了王小石！

他覺得他自己才是對的。

——他甚至認爲他這樣做是代表了整個武林的正義。

四十二　專機

四個人，都是「金風細雨樓」裡相當出色的子弟，他們都攻向王小石，都要王小石的命！

◇◇◇

但王小石可不要他們的命。

◇◇◇

他要他們的命幹啥？

他既沒欠他們什麼，他們也沒欠他什麼。他不恨也不嫉這四人，這四個人跟他也本就無怨無隙。

這些年來，王小石一直並不忍心殺生：每個生命，都要活著，都享受活，並且都想活下去，他們都有他們的親人、朋友、希望和感情，爲什麼要把這些都因心中一個惡念而扼殺掉呢？就算是一棵樹，也有它生存的權利，它好不辛苦才發芽、開枝、散葉、成長、茁壯、含苞、開花、結果……它跟清風低語，它在日陽蒸發，它跟雨水細訴，它抓住泥土——就算是無端打殺掉一棵樹，一株草，那也是很不應該、而且是殘忍的事。

可是，有些人，如果你不把他擠掉，他就會先把你給擠兌下來。

王小石也是闖過江湖，經過風霜，歷過凶冒過險搗過毒龍潭的人。

他一下子已看得出來：如果他不馬上立威，只怕跟四人一樣衝殺上來的人，就會更多，而喪命的人也定然更多了。

——殺一儆百隱藏的意思，也許就是不願和不能殺千殺百，所以得要快刀斬亂麻，先把那足以燎原的「星星之火」先行滅掉，讓它連「一」都沒有了，怎麼有「百」？

人活在世上，常常要做自己不願意做的事，包括被迫殺人。

——所謂人在江湖，身不由己，開始流傳這句話的時候，的確是個由衷的原委，既是苦衷也是原由。但到了今天，這已完全成了一個藉口，且不管他是不是身在「江湖」（可不是人人都身在「江湖」的）？能不能算得上是個「江湖中人」

（江湖風波惡，也不是人人說進就進得了，說闖便闖得起的）？是不是真的「身」不由己（很多人本來就要做和愛做的事，做了後一句「不由己」就推卸到了九霄雲外，好像錯不在他、罪不關事似的）？到底人在江湖是不是一定就身不由己還是人在江湖反而比不在江湖的更能由己一些（說實在的，一個出來闖蕩江湖的人多比窩在家裡的閒漢來得自由自在多了）？都有商榷的必要，否則，人在江湖，身不由己，從一句至理哲語，變成了一句推諉責任的卸辭。

這一刻，為了少殺些人，王小石已不得不下手殺這幾人。

——這一剎，是真正的「人在江湖，身不由己」了。

不。

不是。

不是的。

只要你有膽識、有能力，夠強大，夠堅定，仍然可以把「不由己」變成「由己」的。

王小石的殺念一閃而過，稍縱即逝。

（不，我跟他們無仇怨，只不過恰好站在敵對的一方，我不能因此殺人，我不能殺他們。）

他拔出了「相思刀」，擋住了陳皮的「新月劍」，又以「銷魂劍」，架住了馬克白的「龍鬚鉤」，可是，在同一刹間，毛拉拉的飛鐃和萬里望的鐵蓮花亦已打到。

他忽然右手五指一撮，像拾執起啥事物般的，叱了一聲：

「石！」

一揚手，飛擲向馬克白。

同時，他左手拇指與中食指一合疾彈而出，喝道：

「箭！」

「啪啪」二聲，萬里望感覺到鐵蓮花已給一顆勁石震開，而毛拉拉也覺驚飛鐃遭一股銳箭鑿開。

王小石以箭、石抵擋攻來的暗器與兵器，本是不奇，奇的是：他手上本無箭、也沒石。

——那是何來的箭？怎來的石？

卻原來這「箭」和「石」，都是一種無形的氣勁，但遭王小石凝氣迫發，用力一摧，立刻成了「氣石」、「勁箭」，如同實物一般發放了出去。

石頭一向是王小石的武器。

這門功夫，卻不是來自天衣居士的傳授，而是他自己創研潛修的。

他認爲武器不必奇形古怪，毋庸招走偏鋒，只要稱手方便，常見常有，那就是最好的兵器了。

——江湖上有的是千奇百怪、各門各類的奇形畸形武器，但只要得其精髓、發揮無遺，哪怕是一把單刀、一桿纓槍、一支鐵劍，都能夠成爲天下一等兵器。

事實上亦然。武林中有不少高手使獨門、奇門兵器，但真正能躋上第一流高手之列的，恐怕還是常見的刀劍槍棍之類的普通兵器。就算是一流的兵器，給第九流的人來使，恐怕也只是第三流的武器。第九流的兵器，讓第一流的人來用，自然就會成了第一流的武器。

暗器也一樣。

——有許多暗器，不免稀奇古怪，但真正一流的暗器高手，只要一把小刀、一支鋼鏢、或是彎弓拾箭，就可以百發百中，絕不虛發，又何必一大堆裝模作樣、華而不實的怪名堂、新名目？

所以王小石撿了石頭成爲他的「暗器」。

——由於他是光明正大的施用這「暗器」，因此也成爲了他的「兵器」。

他一向喜歡石頭。

——一顆石子，大概需要在地殼裡幾億乃至幾百億年才能形成的吧？每一顆石子都有不同的形狀、花紋，乃至也有不同的構成和性格。

這最實、最真、最有力而又最有趣味的寶藏和兵器，就踩在腳下，遍佈大地，隨手可以拾得，他認爲這才是真正方便、稱手、犀利而且又用之不竭的好兵器！

他對石頭有感情。

所以選練了石子。

石頭也爲他創造出不少機會。

——例如他曾以一粒石子擊殺傅宗書。

他把握住石子，如同掌握了機會。

——握在手裡的時機。

那是他特別的機會，也是特別爲他而設的機會。

——「專機」。

當然，能發出「無形石勁」，不是他四年前可以做到的，可見他此際的功力已又更上層樓。

箭則不然。

他本未曾練過箭術。

他的箭法來自元十三限。

——臨死前，元十三限把「傷心箭訣」口傳了給他。

相隔的日子還很短，他也沒用心的練好這箭法，可是，以他的聰悟和功力，只要意念一起，一些箭術的功法，自然都突顯了出來，他也隨手隨意的發了出來。

——這便是元十三限的「勁箭」。

他的功力仍未至爐火純青的地步，發出「氣石」和「勁箭」，自未及真有箭石實物的打擊力，但要用以對付萬里望和毛拉拉，卻已綽綽有餘了。

「啪」的一聲，鐵蓮花劃了一個大弧型，漾了開去。

「啪」的又一聲，飛鐃彈跳了開來，攻勢立刻瓦解。

也就是說，王小石一下子已敵住了四名殺手的四種武器之四種攻擊。

他成功地做到了這點。

而且不殺人。

不傷人。

◇◇◇

可是在另一方面而言，他卻是失敗了。

因爲其他的人也同時察覺出來了一件事：

王小石是能抵住這一輪攻擊，但已有力拙和力不從心的現象。

王小石當然沒有敗。

甚至誰都可以看得出來，他仍是能夠輕易取勝的。

不過，這一下「險險招架」已證實了：

——王小石不是無敵的。

他仍是有不足之處。

——只要一擁而上，同心協力，未必就不能將他當堂殺死，亂刀分屍！

◇◇◇

只要一有這等「挑戰權威」的想法，意起念生，自然就有人躍躍欲試、邀功圖成，這殺戮便不易按捺得下來了。

王小石也明白這種心理，這個趨勢。

可是要不殺不傷的對敵，就難免會暴露自己功力上的不足。

——世上總難有兩全其美的事。

這時候，大家果然拔刀揮劍，磨拳擦掌，要試著去圍殺王小石。

王小石只好應戰。

他知道這結果已免不了，不過，他能夠不殺人的時候，他還是會堅持原則，儘量不殺人的。

就在此際，忽爾有人喊出了一聲：

「住手——」然後他又笑嘻嘻的問：「這時候把大家叫住，不許打，是不是很掃興？」

然後他又逕自說了下去：「不過，不是我不讓大家好好表現身手，而是白樓主吩咐過，只要引王少俠一出頭，立即請他去好好商討大計。而今人已蒞臨，目的已達，大家就不必再打這一仗了吧？」

這人說話，十分和氣。

但「金風細雨樓」的子弟卻不敢不聽。

因爲他是這次行動的領導人：

孫魚。

請續看《傷心小箭》中冊